U0947380

外国文学名著名译
化境文库

莎士比亚十四行诗

The Sonnets

[英] 威廉·莎士比亚 著

方华文 译

天津出版传媒集团
天津人民出版社

本书保留原版习惯用字、通假字和标点用法。人名地名等亦保留原译法。

一

但愿妩媚的容颜更加娇艳，
愿玫瑰花的美丽地久天长，
可盛极便终究会走向消亡，
只有子孙后代将念念不忘。
内心的充实令你光焰万丈，
但可惜你空有明亮的眼睛，
错把自身优点当缺点岂不冤枉，
如此刻剥自己，过于狠心肠。
你是明媚春日唯一的使者，
你给世界披上了清新外装，
花蕊里隐含着你的善良，
亲爱的，你不该自责自伤。
可恨势利小人横行于世上，
可恨世态炎凉。将你诽谤中伤。

二

四十个春秋会把痕印留在脸上，
将深深的壕沟犁在美丽的地方。
青春令人自豪，引来艳羡目光，
一旦成残花败柳，价值一落千丈。
若问美丽的娇艳今在何方？
哪儿还有你当年的荣光？
应该说你那深陷的眼窝里，
仅有灼人的惭愧，及无益的颂扬。
假如你能够说："我的孩子也有美丽的脸庞，
将继承我的优点，把我的不足补上，
以家族的血统证实美的荣光。"
那么你的美派上了用场，最值得赞扬。
步入暮年，你会见新种发芽，
冰冷的年龄，会有热血流淌。

三

照照镜子，把你的脸庞端详，
镜中的脸儿应该成双；
如果你拒绝传续香火，脸儿无法成双，
瞒过世人，凉了女人当母亲的愿望。
没有哪个窈窕淑女不愿跟你联姻，
不愿让你耕耘在她那未开垦的处女地上。
没有哪个男人愿意自掘坟墓，
因自恋而拒绝把血统传扬！
你是你母亲的缩影，母子如此相像，
你让人想起她芳菲之年可爱的形象。
让目光穿越时光，仍可见，
脸上起了皱纹的你黄金年龄时的模样。
假如孑然一身，你死后不会有人记着你，
随之消失的还有你的影像。

四

亲爱的，你挥霍青春，为何要浪费
你继承来的美丽形象？
上天的赐赏其实只是暂时的租赁，
实话实讲，仅租赁给明智的一方。
美丽的人啊，
你为何要糟蹋这慷慨的赐赏？
赐赏慷天之慨，不加利用，
便无益处可讲。
亲爱的人儿，你跟自己商量，
总不能把自己欺诳——
一旦上天唤你魂归天堂，
你有什么可取之物留在世上？
未经利用的美颜随你进入坟场，
一场人生经历成了绝根之唱。

五

精雕细刻，成就了一副可爱的脸庞，
引得世人的目光久久徜徉。
岁月将对它肆虐逞凶，
把花容月貌变为狰狞脸膛。
时间脚步不停，由盛夏进入可恶的严冬，
一味地猖狂——以霜雪冻结了活力，
把繁茂的树叶一扫而光；
积雪覆盖了美景，满目一片苍凉。
即便盛夏留下些许痕迹，
却被幽禁在冰天雪地里；
“美”已失去了美的魅力，
失去的还有对美的记忆。
但纯洁的花虽遭遇严冬，
仅花容失色，却永吐芬芳。

六

别让严冬无情的手抹去美的容颜，
趁良辰应把精华提炼，
掬一把“美”放在香水瓶里边，
将宝物入库，免得它消散。
这种“储蓄”无违天意，
会给储蓄人带来欢喜。
不妨给自己留下后裔，
多子多孙会让你幸福无比；
十个后裔会有十倍的欢喜：
若是子孙满堂，
你的生命由后代传扬，
一朝辞世又何妨！
别任性，你明白事理，
不该死后认蛆虫做儿女空悲伤。

七

看东方，一轮红日万道金光，
昂着头，引来敬仰的目光；
众人瞩目于那焕然一新的景象，
目送那神圣的身影，
一步步走向高耸的天堂。
他步入中年，却有年轻人的茁壮，
万民仍崇拜他美丽的荣光，
目送他走在黄金旅途上。
但抵达巅峰时便耗尽了力量，
似末日的老年脚步踉跄，
以前敬仰的目光改变了方向，
从走下坡路的他转向他方。
你终有一天也会日落中天，
除非有子，否则将孤零零地死亡。

八

袅袅音乐，为何惹你悲伤？
美与美不相克，欢乐令人舒畅：
既然心不喜爱，难以牵强；
委屈自己又怎能欢畅？
乐声和谐悦耳，乃“联姻”的结晶，
假如冲撞了你的耳膜，
也只是一声善意的提醒：
独奏固然能异彩纷呈，
但你可见夫妻合奏更为动听——
一声令下，琴瑟和鸣。
父亲其乐融融，母与子亦其乐融融，
大家齐唱，齐唱天伦之歌声。
那无声的歌飞出众人胸膛，仿佛在耳旁，
对着你来唱：独身，独身，处处空！

九

难道是怕留下寡妇泪湿眼眶，
你独身一人苦度时光？
假如你孤寡死亡，
这个世界会似丧偶之妻般悲伤，
它就是你的寡妇，任泪水流淌；
你身后没有留下骨血，
让这个寡妇育养；
别的寡妇从孩子的眼睛里，
能永记丈夫的模样。
人生空空虚度，时间匆匆流淌，
人移位，世界照样；
美颜在世终有一败，
不让其绽放，就是任其败亡。
不怀爱人之心，终将追悔悲伤。

十

羞呀，你否认自己怀有爱的心肠，
这是因为你缺乏预见未来的力量。
即便你无心，多人却把你爱在心上，
但显然没有人进入你的心房，
可恶的仇恨塞满了你的胸腔，
一门心思要跟自己作对，
千方百计损毁那美丽的殿堂，
而为那殿堂添砖加瓦才应该是你主要的愿望。
劝你换换思想，让我也换换眼光，
温柔的爱毕竟比仇恨更值得赞扬！
你本性高尚又善良，
那么你对自己至少也应该有一副柔肠。
看我的分上，喜结连理配成双，
让你的美在子嗣身上继续流芳。

十一

人生来也快去也快，
身后有子，一朝辞世，总有后代；
趁青春年少留下血脉，
当青春不再，还有后代，
把你的智慧、美貌和活力承载，
否则便只有愚蠢、垂暮和衰败。
假如留心，岁月就不会空空流淌——
人生在世六十年的时光——
就让那些本来不配生育的人绝后而亡，
他们或刻薄粗鲁或其貌不扬。
而你是造化至宠，馈赠也最丰，
你应该珍惜她丰厚的馈赠：
她塑造你，作为她的徽章，
是要你留下章印，而非孤身消亡。

十二

心里数着时钟滴答的声音，
目送朗朗白日堕入可憎的夜晚；
只见紫罗兰渐渐老了春颜，
乌发里多了白丝相伴；
昔日为牧人遮阴的参天大树，
不见了枝叶的华盖；
盛夏的绿木成了一捆捆薪柴，
须发霜染的老人躺进了棺材。
看着你美丽的脸，我不由把心担，
怕就怕时光的流逝会让你老了容颜；
人生来如流水逝如风，
再温柔再美丽也会凋零。
无人敌得住时间的刀削斧砍，
离世时须有子孙延续生命。

十三

多么希望你青春永驻，亲爱的，
可看一眼现在的你，你已改变了模样，
生命必有终了，要有准备，
把你姣好的容貌交他人传扬。
有人继承，美就不会消亡，
让它继续散发芬芳，
一朝魂归天堂，容颜长留人间，
后人使你百世流芳。
华丽的大厦岂容坍塌倒地！
应该怎样让它经得起严冬狂风暴雪的洗礼，
顶得住死神残酷无情的攻击，
而巍然屹立？
亲爱的人儿，只有结束禁欲，别无他计，
你曾有父，也应该留下自己的后裔。

十四

我并非根据日月星辰判断人生，
对天文学我自认为精通，
但我不凭此卜算吉凶，
不凭此预知瘟疫、死亡或四季的变更；
亦不会从上天获得启示，
预知未来、掐算时间，
预知何时有风雨，何时有雷电，
或者为君主卜算国事是否平安。
我只盯住你的眼睛了解详情，
从那两颗恒星判断吉凶。
如你回心转意，生儿育女，
真与美就会昌盛。
如若不然，我预言：
真与美将随你的生命一道消失得无影无踪。

十五

仔细观察世间万物，
好景往往一闪即逝去。
人生大戏台，戏剧搬演不息，
冥冥中上天星辰的影响默化潜移。
人与草木一样枯荣，
沉与浮听命于同一片天空。
青春期生气勃发，抵巅峰便下滑，
勇壮的精神从记忆里遁去踪影。
一幅幻象时隐时现，
青春焕发的你出现在我眼前，
肆虐的时光之神施展淫威，
要用漆黑的夜晚取代你明媚的春天；
我爱你，要跟它决一死战，
让你恢复被它夺去的丽妍。

十六

何不用更锋利的武器，
去战胜残忍的时光魔王？
何不用比我苍白的小诗更为有效的方式，
抵御衰老，巩固自身的力量？
你昂首站立于人生的巅峰，
无数处女园地尚未播种，
怀着纯情愿为你结下丰硕果实，
那硕果比你的画像更为生动：
只有以生命为画笔才能把你展现得如生
——时光之笔，抑或我的笔墨，
均无法将你的外表和心灵，
活灵活现呈现在世人眼中。
躯体离世，生命长存，
传递香火，要靠耕耘。

十七

我的诗要描绘你的丰姿靓影，
后世有谁会相信是否真实？
天知道，它简直就是坟场，
埋藏着你的生命，却述不尽你的荣光：
哪怕我能够写出你的美目流盼，
以清越的诗行展示你仪态万方，
后世也会说我撒谎——
如此天姿仙影只能来自天堂！
于是我的诗卷（因岁月久远而发黄），
像不吐实言的老人遭人毁谤，
把对你真实的描述当成诗人的癫狂，
说这卷古诗把你过分地夸奖。
但如果你有一子活在世上，
你就获得两次重生——在我诗里，在他身上。

十八

是否该把你比作炎炎夏天?
你比夏天可爱也比它温婉:
狂风会把五月妩媚的花蕾摧残,
夏季时光未免太短,
有时天堂之眼过于灼热,
它那金色的容颜常受遮掩,
美丽倏忽褪去娇艳,
是偶然,也是变幻的命运使然。
而你是永恒的夏天,光艳永不减,
你的美也永远不会改变,
死神亦无法将你笼罩在它的阴影里边,
因为你寄身于不朽的诗篇。
只要有生命,有眼睛,就有人读这诗篇,
诗长存,你的生命得到绵延。

十九

饕餮时光可磨钝雄狮的利爪，
诱大地吞食自己的骨肉，
将猛虎的獠牙拔掉，
教长生的凤凰倒入血泊，在烈火中燃烧；
时光荏苒，留下悲与欢，
脚步匆匆疾如闪电，肆意横行于人间，
使美景渐渐消减；
可有一条十恶不赦的罪愆不容它犯，
禁止它把岁月刻上我爱人美丽的容颜，
禁止它挥舞古老的刀笔在那儿画线，
不许它在飞逝中把那脸儿污染，
留一个美的模型给后代观看。
时光啊，不管你有多猖狂，
我爱人的青春都会永留我的诗卷。

二十

老天给了你一副女性的娇容，
我把一腔激情倾洒在你身上；
你有女人的温情和柔肠，
却不似妇人矫揉造作、变化无常；
你的眼睛无比明媚，不似妇人那般假模假样，
给所有的景物都镀上了一层金的辉煌。
你的美令一切美都失掉颜色，
教男人偷窥，使女人景仰。
最初老天把你当女人创造，
后因痴迷而将错就错，
添一件于我无意义的东西，
令我对你的一腔愿望泡汤。
但老天创造你是要给女人以欢乐，
即便我爱你，也要你去挖掘她们的宝藏。

二十一

我的诗不同于他的诗行，
他用诗句把涂脂抹粉的佳丽歌唱，
连苍穹也拿来做粉妆，
极尽华丽词句把她颂扬，
所有夸张的比喻全都用上，
把她比日月，比陆地与海洋的宝藏，
比作四月鲜花和珍奇的景象——
浩瀚无边的宇宙里一切珍奇的景象。
我真心地爱，就真心地颂扬，
请相信我，我的爱
虽不如天上金蜡烛那般辉煌，
却不逊色于天下任何人的肚肠。
就让他们夸夸其谈吧，
我要歌唱，而非张扬。

二十二

只要青春和你相伴，
我就无法相信镜中我衰老的容颜；
可是看到皱纹爬上你的脸面，
我便感到死神已经不远。
你仪态万方的外表，
把我的一颗心装点；
你我相随，两颗心相伴，
我怎能比你先有苍老的脸面？
亲爱的，你一定要把自己珍重，
似我一般——不为己，而把你记在心间。
我珍惜你的心是那么慎重，
像慈母保护婴儿防疾病侵染。
我心碎，你心焉能平安，
你把心交给我，就让它留在我的心间。

二十三

好像舞台上一个拙劣的演员，
惊惶中忘记了如何表演；
又宛如凶猛的野兽怒火冲天，
浑身是气力，内心却慌乱；
我就是因缺乏自信而惶恐不安，
忘记了山盟海誓，说出凿凿的爱情誓言，
全因为心里的“爱”分量太重，
表达爱的力量似乎在消减。
愿我的诗卷抒发我的情感，
无声地倾诉我内心爱的语言，
期望加以弥补，为内心的爱申辩，
而这比口若悬河的舌根更为雄辩。
愿你学会读用无声的爱创作的诗卷，
爱情的真谛就是用眼睛去发现。

二十四

我的眼睛就是画家，挥毫落笔，
把你俊美的肖像描画在我的心版上；
我的躯体是画框，把肖像珍藏
——一幅妙笔生花的透视图像。
看笔起笔落，看画家的才华，
去寻找你的肖像存放的地方——
它就悬挂在我的心房，
那儿有你的眼睛作为明窗。
你的双眸令那儿大放光芒；
我的眼睛留下了你的倩影，
而你的眼则是我心灵的两扇窗，
阳光也喜欢探头探脑，把室内的你窥望。
可惜眼睛笔法再工巧，也欠高明，
只可以描画外表，难以展现心灵。

二十五

就让那些命运之星垂青的人，
炫耀他们的荣耀和亨通的官运吧，
我与那些鸿运无缘，也不需要，
却获得了幸福，叫我无比自豪。
君主的宠臣扬眉吐气、耀武扬威，
但如阳光下的金盏花，
他们的威风葬于自身，
命运之神一皱眉便夺走他们的荣耀。
武士战功卓著，威名远扬，
虽百战百胜，但一朝败北，
便一笔从功劳簿上抹掉，
百战得来的所有功劳随风而飘。
幸福啊，我沐浴在爱河里，
没有颠簸的忧虑亦无遭贬的烦恼。

二十六

爱的主宰啊，你的美德，
让我甘愿为你赴汤蹈火、效力竭诚；
在此谨向你献一首诗篇，
并非炫耀我的才华，而是略表挚情。
忠心如山，可惜我才疏学浅，
只因词穷字乏，难免显得寒酸。
但愿你用善良的眼，以你纯洁的灵魂，
接受我的诗篇。
明星高照我前行，
向我绽出甜美的笑容，
用华服遮住我狼狈的爱情，
令我配得上你缱绻的恩宠。
如此，我才敢高谈我对你的爱，
否则，怕你谴责，我只有遁形。

二十七

筋骨疲倦，我急忙躺到床上，
歇一歇跋涉累了的双脚；
而此时大脑却开始了旅程——
肢体结束了工作，思绪开始操劳。
我的一颗心对你无比虔诚，
要满怀激情去朝拜你，不辞路途迢遥，
睁开沉甸甸的眼皮，
似盲人把黑暗盯瞧。
我的心里闪出一幅幻境——
我茫然的眼前出现了你的靓影，
像明珠高悬在漆黑的夜空，
使丑陋的黑夜改头换面，换上美丽的面容。
日劳肢体，夜劳心，
为了你，我的心没有了宁静。

二十八

身心得不到片刻的安息，
返回故乡时我怎能欢喜？
日间的压抑感夜间得不到缓解，
日日夜夜压得我透不过气。
日和夜本应为敌，
却携起手折磨我，沆瀣一气，
一者让我奔波劳累，一者抱怨不息，
催我辗转旅途，把你远离。
我说你就是光明，可让白日中意，
乌云遮天的时候，你照亮天际。
为讨好漆黑的夜晚，我说同样的话语：
群星不再闪烁时，你把光辉洒向大地。
可日间我仍然满腹哀愁，愁断肠，
夜间忧伤，剪不断的忧伤。

二十九

遭受命运的摆布和世人的白眼，
我为自己飘零的身世暗自悲泣，
叫天天不应，叫地地不灵，
独自叹息，只恨时运不济，
多么希望自己前途似锦，
像他一样俊美，似他一般高朋满堂，
像他才华横溢，似他目光如炬，
审视自己的惨象，让人垂头丧气；
我心事重重，自卑自弃，
猛然间想起了你，顿觉荡气回肠，
一颗心似拂晓的云雀一飞冲天，
离开阴沉沉的大地，飞往天堂的大门放声歌唱；
你甜蜜的爱注入我的心田，带来无尽的宝藏，
我不愿与任何人交换位置，即便他是国王。

三十

雪泥鸿爪涌入我的记忆，
怀着温馨的感觉沉思默想，
嗟叹一声许多事情未能如意，
新旧遗憾，一味蹉跎宝贵时光；
干涸的眼睛又闪烁出泪光，
哭的是好友长眠于无边的黑夜里，
早已消失的痛苦又使我泪湿脸膛，
旧情往事引起一声声叹息和惆怅。
老伤口上又添新伤，
前尘旧影一幕幕浮现，
令沉重的心充满哀凉，
旧痛未去又有新愁肠。
而你的音容笑貌，我的朋友啊，
让苦痛一笔勾销，令悲哀消亡。

三十一

有许多颗心，原以为已经消亡，
殊不知却珍藏在你的胸膛；
有许多亡友，原以为已经埋葬，
却永存于充满爱的地方——一块只有爱的地方。
为祭奠亡灵，我曾偷洒热泪，
任圣洁、悲哀的泪水涌出眼眶，
现在方知他们只不过换了换地方，
珍藏在你的胸膛。
你的心就是青冢，原以为消失的爱却在那儿珍藏，
爱人已逝，那儿却挂着他们的纪念章。
那一个个亡灵寄托着我的绵绵之爱，
而今所有的爱都呈献给你，让你一人独享。
从你的眼中我看到了他们的面庞，
我要把所有的爱集于你一人身上。

三十二

假如我天年已满，可恶的死神用黄土将我的骨骸掩埋，
而你仍然活在世间，
你可能会偶然翻阅你阴阳两隔的亡友留下的诗卷——
拙劣、粗糙的诗卷。
与时新的俊逸诗篇相比较，
拙诗处处不如人愿，
我自愧达不到那些时代宠儿的高度，
但还是请你把它珍存，不为诗，只为把爱纪念。
啊，请你把爱留下，心存一念：
“如果我的朋友诗艺与时俱进，
心中的爱令他写出佳篇，
便跻身于才俊的行列，行进在他们中间：
可叹友已亡，才俊文采越飞扬，
我读才俊的文采，却读亡友爱的心肠。”

三十三

在无数个灿烂的早晨，我看见
太阳把神圣的目光投向山巅，
满脸光焰闪闪，把青碧的草场吻遍，
施法把黯淡的溪水染得金光闪闪：
倏忽，乌云惨雾骤然出现，
丑陋的阴影遮住了天颜，
让这个凄凉的世界看不见太阳的脸面，
它被乌云遮挡，黯然失色，向西方沉陷：
我的太阳在清晨曾经金光闪闪，
把灿烂的光芒射向我的眉间；
可是呀，那只是金光一现，
滚滚的乌云已将它遮严。
我对他的爱却没有因此而消减；
天界的太阳黯淡，人间的亦难免。

三十四

你不该说这是个明丽的日子，
使得我不及束装，便匆匆把路赶，
可恨中途被卑鄙的乌云阻拦，
那肮脏的云雾遮住了你的容颜。
尽管你穿云破雾，
晒干了打在我脸上的雨痕也徒然，
因为只疗伤，不医治尊严，
这种药不值得称赞：
你愧然，也难抹去我心头的伤感；
你后悔，也难弥补我遭受的苦难；
错已酿成，对于经受痛苦折磨的受害人，
你的悔恨只能稍稍把伤痛消减。
可是啊，你洒下的悔恨之泪是珍珠，
无比珍贵，令你的过错随风而消散。

三十五

别再为你的过失而痛苦，
玫瑰花含刺，叮咚清泉中亦有泥污，
日月有蚀，还被乌云遮住，
即便芬芳的花蕊也患可憎的病害之苦。
人无完人，我自己也有过错，
不该以我之过权衡你之错，
对你的过失一味姑息，
导致你最终把雷池越过。
因为我错误地使你感觉到，
你的不良行为反而值得鼓励，
真该一纸诉状将我诉诸法理：
爱与恨在我心中争斗不息。
我啊，在其中推波助澜，
助你这个温柔的小偷将我的心窃取！

三十六

尽管你我之爱浑然一体，
但我得说咱们必须分离：
我犯下的过错我自己承担，
没有你，我一人担得起。
你我之爱至诚至真，
虽然生活中有着分离的遗憾，
永不改变的是爱的真谛。
只是没有了爱人欢聚时快乐的时光，
我再也不能当众认你做知己，
生怕我可悲的罪过令你蒙垢，
你也不能再当众把我来夸奖，
除非你甘愿不顾自己的声誉。
劝君别这样；我是这样爱你，
你我之爱，心有灵犀。

三十七

一如暮年老父满怀喜悦的心理，
看到生机勃勃的儿子青春焕发、才华横溢，
饱受多舛命运折磨的我，
见你活得有价值、活得真实，便倍感安逸。
美貌、门第、财富、智慧，
还有，还有，还有……
你拥有一切，登峰造极，
而我献上一份爱，添一份礼。
美好的幻想使我内心充实，
你的富有让我满意，
于是我不再可悲、贫穷，不再受人歧视，
我沐浴在你的荣光里。
我祝福，祝你万事如意，
这是我的心愿，我幸福无比。

三十八

我的诗怎会缺乏主题?
你吐一口气，我就有活的诗句，
你的精谈妙论是那样美，
凡篇俗句无法企及。
假如拙作值得你一看，
不必谢我，那全得感谢你自己，
因为我笔力不胜，无法献给你诗句，
正是你自己创造了新意。
你就是第十位缪斯，
令诗人们歌颂的那九位缪斯望尘莫及，
蒙受你的启迪，于是便有了诗句——
万古不灭的不朽诗句。
如果我的诗行能让挑剔的世人满意，
执笔的是我，要赞扬的是你。

三十九

你比我强，仪态万方，
但你我一体，我又怎能把你颂扬？
夸赞你，就是夸赞我自己，
自夸自大会怎么样？
密不可分，还得天各一方，
爱情甜蜜，一别却可结束独身的名义，
这就是我对你的献礼，
把它献给你，它只属于你：
啊，别离，平添多少愁绪，
但愿别后的痛苦里有美好的回忆，
让心里充满爱的思绪，度过眼前的时光，
而这时光和思绪甜蜜地欺骗着我们自己。
是你把一体分为二体，
此处赞扬你，也就是赞扬留下的我自己。

四十

要剥夺我的爱，亲爱的，那就统统拿去！
比起以前，你的财富又能多到哪里去？
亲爱的，没有爱称得上真情实意，
我的心早属于你，你不该再索取。
亲爱的，假如由于爱我而索取，我不能把你非议，
因为你把我的爱装在心里。
可如果你自己欺骗自己，
心血来潮，让我品尝己所不欲的苦酒，则该怪你。
你窃走了我所有的一切，
你这温柔的小偷，但我原谅你；
爱情带来的痛苦比仇恨造成的伤害，
令人更难以忍受得起。
你风流倜傥，恶行也成了善举，
你可以恨我，置我于死地，你我决不能为敌。

四十一

有时我离开你的心房，
你就放纵自己，风流一场，
对于年轻貌美的你这很恰当，
因为诱惑来自四面八方。
你温文尔雅，谁都对你垂涎，
你相貌俊美，谁都想一浸泽芳；
佳人递秋波，为人之子怎可能不睬，
让佳人如愿以偿?
你啊你，你虽然可以守在我身旁，
掩饰美貌，任青春迷茫，
殊不知正是美貌和青春搅动了风流场，
使你违背心愿犯下双重孽账：
其一，佳人倾心于你，只因你俊美的模样；
其二，你对我不忠，还是源自你俊美的模样。

四十二

你占有她，并非我全部的悲哀，
虽然可以说我对她怀着深深的爱；
她占有你，才会让我落泪，悲从中来，
失去这一份爱，更伤我的情怀。
你爱她，因为你知道我对她有情，
而她亵渎我也是为了伤害我的感情——
为伤害我，竟容我的朋友对她骂俏打情；
你们触犯了爱的戒律，而我将对你们宽容。
失去你是损失，却是我的情人所得，
失去情人，朋友却有收获，
你们彼此拥有，我则丢掉了两个，
你们俩令我一人遭受折磨：
但我乐在其中，因为我和朋友是一体；
说句好听的话，我的情人爱的是我自己。

四十三

眼睛紧闭，视物才最清晰，
白日里看到的都是不值得一看的东西，
只有睡觉时，在梦乡里才看见你，
幽幽冥冥，在夜色里闪光熠熠。
你的身影带来光明，驱走黑暗，
你的出现构成一道赏心悦目的风景线。
白日，你的光彩比日光更耀眼，
肉眼难以把亮光闪闪的你看见！
万籁俱寂的夜里，梦乡中闭上双眼，
看见你的身影总有缺欠！
那么怎样才能受上天的祝福，
让我的眼睛在朗朗白日间把你观看？！
不见你，白日也是夜晚，
梦乡里见到你，夜晚成了明亮的白天。

四十四

倘若我笨拙的躯体化为思想，
恼人的距离休想把我拦挡，
我要跨越千山万水，即便身在天涯海角，
也要到你驻足的地方，
哪怕我逗留之地，
跟你相隔十万八千里，
因为敏捷的思想可以飞跃陆地和海洋，
只须确定需要到达的地方。
可是呀，害杀我呦，我不是思想，
你一走，我无法远隔一方把你寻访；
我仅是土与水合成之躯，
以一声声叹息苦捱时光。
两种元素如此迟钝，使愿望落空，
泪如泉涌，水土之躯只有悲伤。

四十五

我还有两元素——轻盈的风和纯洁的火，
无论我身在何处，它们都能守在你身旁；
风是我的思想，火是我的欲望。
它们一旦远行，快如闪电逝如风，
瞬间便不见了踪影，
去向你表达我爱的温情。
四大元素构成了我的生命，现只剩下两个，
心里压着忧伤，慢慢沉向死亡；
除非把你寻访的飞行使者归来，
现在就出现在眼前，
对我说一声你安然无恙，
我的生命才能完整。
佳音使得人欢乐，但喜悦并不久长，
一旦使者们又去把你问候，我复忧伤。

四十六

我的眼睛和我的心争辩不休，
争的是如何把你的容貌分享；
我的眼不允许我的心观赏你的容颜，
我的心则要剥夺我的眼欣赏你的自由，
声称你只在我的心上——
一处密室，目光无法穿透的地方。
眼睛申辩时却一口否定，
说你美丽的容貌仅在眼中。
我内心思绪万千，由思绪把是非评判，
于是它们的判词解决了争端，
明亮的眼睛和诚挚的心各分一杯羹——
我的眼享有你外在的容颜，
我的心拥有你内心的爱情。

四十七

我的眼和心之间缔结了同盟，
二者相互帮助相互宽容，
眼睛渴望看到你时，
或者痴情的心叹息和惆怅，
眼睛会饱览你肖像中的面容，
还邀请心一道将肖像的盛宴分享；
有时心则把眼睛邀请，
和它一道将心中的爱情分享。
于是，有了你的肖像或者我的爱情，
你虽在他方，却犹在身旁；
你走得再远，我的爱心也能把你寻访，
爱心永怀，它始终在你身旁。
如果爱心进入梦乡，眼睛则把你的肖像观赏，
把爱心从睡梦中唤醒，心和眼睛把欢乐分享。

四十八

启程上路，我是多么小心，
把每一样小物件锁进箱，
为保险起见，以备将来有用场，
生怕落入坏人的手掌！
但和你相比，所有的珠宝都一钱不值，
你是我最珍贵、最可心、最美好的哀伤，
我只担心你啊，最亲爱的人，
成为无耻之徒的羔羊。
我没有把你锁进箱，
你不在其中，而我却觉得你就在那地方——
在我温情脉脉的心中，
那是你自由出入的心房。
即使在那儿，我也害怕你被偷走，
因为看见珍宝，诚实的人也生盗窃的肚肠。

四十九

生怕有那么一天（假如那一天真的到来），
会看见你对我的缺点皱起眉头，
你的爱到了尽头，耗尽力量，
经过深思熟虑，最终做出决定，
似素不相识，走过我身旁，
没有用你明媚的眼睛把我问候；
爱与往日不同，改变了模样，
要寻找站得住脚的理由把旧情遗忘。
就是怕那一天，我才蜷缩在一方，
一处自己熟悉的凄凉地方，
伸出手把你合法的理由维护——
把我自己的心伤。
抛弃我吧，你有法律做保障，
至于为什么要爱，我无话可讲。

五十

一路行，一路沉重的心绪，
一天劳累的旅程结束，
轻松下来休息时耳旁却传来一声叹息：
“一里里，你在把你的朋友远离。”
坐骑驮着我，不堪我的忧虑，
驮着我内心的重负迈着蹒跚的步履，
仿佛这畜牲凭本能心里清楚：
主人并不想快行，因为这是把朋友别离。
有时主人恼怒地用残酷的靴刺踢它的肚皮，
也不能催快它的步履；
它只是沉重地报以一声呻吟，
那呻吟让我痛苦，甚于靴刺踢它的肚皮。
因为这一声呻吟使我猛醒——
欢乐已抛在身后，前边只有忧悒。

五十一

如此，我的爱可以原谅那慢腾腾的坐骑，
原谅它迟缓的步履，因为这是把你别离。
离你而去，我怎能催促我的坐骑？
除非是归来见你，才应马不停蹄。
那时即便风驰电掣也嫌慢，
对于可怜的坐骑我怎能姑息？
插翅飞行，快如旋风，我也觉得慢慢腾腾，
踢一脚马刺让它快行。
马再快也满足不了我的欲望——
纯洁无瑕的爱铸造的欲望，
一声嘶鸣（非迟钝坐骑的呻吟），似闪电踏上归程。
可是，为了爱，我会原谅我的坐骑：
它行路有意慢慢磨蹭，那是因为把你别离；
归来见你，我就下马快跑如飞，让马儿迈它迟缓的步履。

五十二

我正像一个富翁，把钥匙拿在手中，
随时可开箱看到那可爱的宝藏，
而我绝不会动辄开箱，
怕的是减弱那一闪即逝的喜悦锋芒。
这一盛大的场面珍贵而庄严，
漫漫岁月里难得一见，
似稀世珍宝，又如价值连城的珍珠玛瑙，
点缀着我的项圈。
你就是我箱中的宝藏，
或者衣柜里美丽的服装，
一展你那幽禁的荣光，
这一特殊的时刻散发出神圣的光芒。
你无比幸运，令人憧憬，
见了你，喜气洋洋，不见你则心怀希望。

五十三

究竟是什么天工将你造成，
千万人追随你，如影随形？
人有形影，但一人仅一影，
而你一人却汇集了众生之影：
若论阿多尼斯[1] 的肖像，那是赝品，
是对你拙劣的模仿；
若论海伦[2] 的美巧夺天工，
那是你的影像，披着希腊的服装。
若论春的明媚和秋的丰饶，
一个展示的是你的美貌，
另一个则是对你慷慨性格的写照——
你化为人间一张张俊美的脸庞。
你具有一切外表美的特征，
但你和任何人都不一样，因为你的心无比忠诚。

---

1 阿多尼斯 (Adonis)，希腊神话中的植物神，美男子，有如花一般俊美精致的五官，令世间所有人与物在他面前都黯然失色。——译者注
2 海伦（Helen），希腊神话中的绝色美女。——译者注

五十四

啊，有了真诚为你增添芬芳，
你的美不知多了几多光芒！
玫瑰花吐艳，但美上加美，
当它喷发出一缕甜蜜的芳香。
盛开的野蔷薇也色彩艳丽，
和芳香四溢的玫瑰别无两样，
在夏风的吹拂下绽开含羞的蓓蕾，
挂在枝头，同样倩影摇荡。
但野蔷薇之美仅在于外相，
盛开时无人爱怜，凋谢时凄凄凉凉，
寂寞地消亡。芬芳的玫瑰却不这样，
凋谢后却留下了芳香：
你就是玫瑰，青春勃发时吐艳喷香，
当韶华凋黄，记载你真诚的有诗行。

五十五

帝王的石雕像以及镀金边的纪念碑，
都不如这强劲的诗篇能万古流芳；
你寄身于诗行，永放光芒，
强似那些石碑，随岁月流逝而蒙尘、肮脏。
毁灭性的战争会推倒石像，
将石碑上的碑文彻底烧光，
而无论战神之剑抑或熊熊的烈焰，
都毁不掉永存于世的诗卷对你的纪念。
无视死亡和毁灭一切的怨望，
你将昂首前行，耳旁听到的是颂扬，
甚至子孙后代也持赞赏的目光，
直至世界末日、地老天荒。
这样，你眠于诗里和恋人的心中，
直到最后审判那一天把你唤醒。

五十六

亲爱的，让你的爱恢复活力，
别叫人说爱欲不如食欲那般强。
今天酒足饭饱肚儿圆，
明天食欲强劲一如从前——
愿你的爱也似这般，
今天满足了爱的饥渴，饱足地眨巴双眼，
明天可要把恋人再看一眼，
千万别一味冷淡，扼杀爱于摇篮：
别离惹人愁，如滔滔海洋
把一对恋人隔离在两岸——
恋人日日来到岸边，
一朝见爱人归来，那情景把欢乐注满心田。
严冬充满了忧愁，
反使夏日更值得眷恋、期盼和稀罕。

五十七

身为你的奴隶，我怎能不时时听从差遣，
满足你的心愿？
我没有时间自我消遣，也没有自己的事务可干，
只等着你的一声召唤。
我的主人啊，我数着钟点，时间漫长无边，
而我不敢有丝毫怨言；
在你告别了奴才之后，
我也不敢去想这痛苦的别离是多么熬煎。
我亦不敢心怀妒意去打探，
问你去了何处，有何贵干。
我只是像个寡欢的奴隶，内心空空，
仅仅遐想着你如何令周围的人呈现欢颜。
爱情的确带有愚蠢的色彩，
任你为所欲为，恋人都不觉得你坏。

五十八

上帝命我做你的奴隶，岂能容忍——
我意图掌控你行乐的时光；
也不能容忍我斤斤计较你对欢乐的渴望，
身为奴隶我只能听任你放纵欲望。
既然听命于你，那就让我忍受吧，
忍受你久遭禁锢的对自由的向往；
忍耐教会了我事事克制，
绝不指责你对我造成的创伤。
你无论去何处，都能得到原谅——
你有权支配时间去满足自己的愿望；
你也有权，
原谅自己形骸放浪。
我只有等待，哪怕等待的是灾难，
也绝不责备你行乐，不管是福音还是忧伤。

五十九

假如世间并无新物出现，万物都是原样，
我们却费尽心机去发明独创，
那无异于自欺欺人——
孩子早已存在，怎能说由我们育养！
还是让我们追溯历史，
回到地球围绕太阳运转五百圈之前的那段时光，
在古书里寻找你的形象，
因为文字历来表达人的思想。
我便可以看到古人是怎样
把你那风姿绰约的体态赞扬；
看一看是我们的赞词好，还是他们的强，
或者古今之人的赞词全都一样。
有一点我敢肯定，古代墨客所颂扬的人物，
没有一个比你强。

六十

似滚向鹅卵石滩头的海浪，
时间如飞走向消亡，
一分钟紧接着一分钟，
你争我抢，匆匆忙忙。
生命诞生于一片金光，
走向成熟，抵达巅峰，
阴险的蚀影要遮挡住他的光芒，
时间一度是赠送，现在要消亡。
岁月刺破了青春花艳外装，
犁一道道深沟于美丽的面庞，
蚕食掉这稀世珍宝，
一切都难逃那横扫的镰刀。
岁月虽无情，却毁不掉我的诗章，
它千秋万代，永远把你颂扬。

六十一

厌厌长夜里闪出你的影像，
难道你有意让我睁开沉重的眼皮？
你影影绰绰，嘲笑般在我眼前晃来晃去，
难道你着意打搅我休息？
难道你心里怀着浓浓醋意，
路途遥遥地从家乡派一名精灵，
来刺探我的行迹，
看我是否有失检点、放浪行迹？
哦，不，你非常爱我，但没爱到这种程度，
是我自己心里的爱让自己合不上眼皮，
是我心里真情的爱让自己无法休息——
为了你，我辗转反侧，彻夜不息。
这全是为了你；而你和我隔着遥远的距离，
虽也没有休息，却是和别人紧紧偎在一起。

六十二

自爱是罪恶——它遮住了我的眼睛，
浸透了我的灵魂，控制了我的全身；
它埋在我心里，蒂固根深，
没有任何药品能去除这病根。
我觉得自己慈眉善目，无人可比，
身材俊美并意切情深——
用这些词语称赞，自己受之无愧，
在其他各个方面，我也都出类拔萃。
但照一照镜子，便原形毕露——
满脸的沧桑把我的自爱击垮、碾碎，
于是我对“自爱”有了相反的解读——
自己过分爱自己罪不容恕。
我不该夸赞自己而应把你歌颂，
是你用美丽之春粉饰了我的隆冬。

六十三

似我现在的惨象，我的恋人也将一样，
被岁月的毒手击垮、蹂躏，
让流逝的时间将他的血液吸光，
纵一条条皱纹爬上他的脸庞——
从青春勃发的早晨一步步迈入老气横秋的晚上；
即使他的美现在独领风骚，
也会褪色，难逃消亡的下场——
他将失去春天贮存的宝藏；
为了防止那一天的到来，我必须倍加预防，
预防岁月那可怕无情的刀斧
在夺走我恋人生命的时候，
把他的美貌也从记忆中砍光。
他的丰韵将载入这些墨迹诗行，
万古长青，永远留香。

六十四

目睹时光之手摧枯拉朽，
摧毁了古代历经沧桑的宝藏；
目睹巍峨的宝塔化为瓦砾，
连不朽的铜像也被暴怒的时光带向消亡；
目睹贪婪的海洋攻城略地，
把触角伸到了海岸的地盘上，
而陆地也在攻伐海疆，
有得有失，两不相让。
目睹风云变幻、扰扰攘攘，
看到那一幕幕景象渐渐消亡；
残垣断壁教会了我沉思默想——
时光终究会伸手把我的恋人带到天堂。
这念头无异于“死亡”——在劫难逃，
只好暗自垂泪，安于生怕失去的现状。

六十五

铜像、石碑、大地，还有无边的海洋，
都抵挡不住可悲的死神肆意逞狂，
美貌柔弱似鲜花一样，又怎能与那暴力对抗？
面对来势汹汹、暴虐疯狂的时光，
芬芳馥郁的夏日难以抵挡；
坚不可摧的顽石、牢固结实的铁门，
无一不销蚀于时光！
啊，想起来叫人惊惶！
唉，在哪儿将这稀世珍宝贮藏，
才能避免被时光收入魔箱？
有谁能伸出巨手拽住这飞逝的时光？
有谁能禁止时光把美貌夺抢？
没有人能！只有靠奇迹的力量，
让我的恋人在我的墨迹里永放光芒。

六十六

厌倦了这一切，我只求安静地死去——
不愿目睹天才流落街头乞讨，
无能的草包衣冠楚楚、四处招摇；
不愿目睹纯洁的誓言被可悲地颠倒，
荣誉的桂冠可耻地被歹人拿到；
不愿目睹贞洁少女遭到粗鲁的强暴，
任暴徒玷污洁净无瑕的贞操；
不愿目睹瘸腿的当权者使壮士致残，
威势令文学缄口不言；
不愿目睹蠢人假装斯文将智者驾驭，
淳朴的真诚被人瞎称为脑子简单，
把“善”俘虏去听从“恶”差遣。
厌倦了这一切，我只求远离人间，
怕只怕我死后我的恋人会孤单。

六十七

唉，他为什么要和瘟神交往，
以自己的风仪为恶徒增光？
罪犯岂不沐浴他的荣光，
跟他交往，将自身罪行遮挡？
虚伪的人为什么要把他效仿，
只窃取了形貌，却将活的神韵遗忘？
可怜的美人自身就是鲜花，
何必要拐个弯去把那绰绰花影依傍？
大自然难道家倾产荡，
让他活着，血脉里却缺乏鲜血流淌？
大自然除了他已一无所有，
曾夸富有四海，现只靠他滋养。
有了他作为珍藏，大自然借以展示昔日的辉煌：
落魄之前，它曾有过丰富的宝藏。

六十八

于是，他的容颜标志着昔日的辉煌，
那时的美颜如鲜花，凋凋零零、绽绽放放；
而今美的标志极其拙劣，
厚颜印在活人的脸上；
岂不知那是进入墓室，
剪一绺死人的金发，
安在活人的头上，重现死人的模样，
而昔日绝不用谢世美人的头发作为装潢；
在他的身上看到的是古代神圣的时光，
无任何粉饰，一副纯真模样，
不用别人的枝叶点缀他的辉煌，
亦不用别人的艳服作为他的新装；
大自然把他当标志珍藏，
让虚假的美领略昔日真美的模样。

六十九

世人有目共睹你美丽的容颜，
无须人费心思为其增光：
发自于肺腑的赞言把你颂扬，
语无粉饰，连仇人也将你夸奖。
你的外表赢得赞扬声一片，
但一些人赞扬之后，
则换上另一种腔调把你评判。
他们探索的是眼睛看不到的地方。
仔细审视你的心灵之美，
根据你的操行将你衡量。
他们极为严苛，不如观赏你的外表时宽容，
于是把杂草的恶臭加在了娇艳欲滴的鲜花之上：
这样的气味配不上你的仪态万方，
在这样的土壤，你会变得庸常。

七十

你遭人非难，并非因你的缺陷，
因为美丽总受人诽谤；
猜忌成了美丽的饰装，
像乌鸦在最晴朗的天空飞翔。
如果你善其身，诽谤只证明：
你是时代的荣光，值得夸奖；
你正逢清纯甜美的春天，
而那些可恶的害虫爱在芬芳的花蕊里滋长。
你已经走过了青春期的战场，
未遭袭击，或赢得了胜利的荣光；
可赞扬归赞扬，
却堵不住嫉妒人的蜚短流长。
假如猜忌和恶意遮不住你的光芒，
你将占据众人心灵之殿堂。

七十一

听到那沉重凄凉的钟声，
向全世界宣告我已逃离这个肮脏的世界，
去陪伴更肮脏的蛆虫——
我命归黄泉，你千万别为我哀伤。
读到这几句诗行，请你不要将写诗的人留在心上，
因为我对你情真意挚，
思念我，怕你心伤——
可爱的人啊，我情愿被你遗忘。
如果我化为泥土，
你万一看见这几句诗行，
最好连我可怜的名字也不要留在心上，
就让你的爱同我的生命一道消亡。
免得这狡诈的世界看出你的悲伤，
在我死去后把你作笑柄当。

七十二

唉，恐怕世人会向你盘问，
我何德何能配得上你的爱情，
竟在我死后你还满怀深情。
忘掉我吧，亲爱的，其实我无德无能，
除非你编造出善意的谎言，
言过其实地把我称颂，
不顾吝啬的现实是否情愿，
用赞美之词把已亡的我歌颂；
唉，怕只怕世人会觉得你的真情是虚情，
你因为爱情对我的称赞不合实情，
不如在埋葬我躯体的地方也埋葬我的姓名，
不要让它留在世上败坏你我的名声。
我为自己所造成的不便深感羞惭，
你也会觉得脸红，竟为不值得一提的人倾注爱情。

七十三

在我身上你或许会看见秋天，
黄叶飘地，只剩下残叶几片
还挂在枝头迎寒风抖颤——
那枝头是荒废的歌坛，曾是百鸟啁啾的歌坛。
在我身上你或许会看见暮色沉沉，
金乌西坠后苍茫一片，
死亡的化身——黑夜将暮色驱赶，
它要封杀一切，让万物睡眠。
在我身上你或许会看见火焰闪闪，
那是青春余烬里的火星闪现，
如临终之人，气息奄奄，
终会耗尽燃料，亡于一旦。
此情此景会让你的爱更贞坚；
热烈地爱吧，你的爱人将不久于人间。

七十四

听天由命吧，就让凶残的恶神将我带走，
丝毫不宽容地将我带走，
而我的灵魂却在这诗行里长留，
化为记忆，永久和你相守。
当你重读这诗行，就等于重读
我神圣的感情——它献给你：
归土的只是躯壳，它属于大地，
而我的灵魂——最圣洁的部分，只属于你。
所以你失去的不过是一个人的糟粕——
人死后成为蛆虫食物的是他的躯体，
可怜人成为悲惨命运的刀下鬼，
区区卑物，不值得你记忆。
值得记忆的是躯体内的精神，
它和你长存，永远守着你。

七十五

我的心需要你，犹如生命需要食粮，
或如焦渴的大地需要及时的甘霖；
你的心无波无澜，而我的则扰攘纷乱，
如守财奴，对自己的财物总不放心：
我时而扬扬自得，心里乐悠悠，
时而又担心，担心这惯窃的时代将财物偷走；
我有时觉得最大的欢乐莫过于单独跟你在一起，
有时则希望全世界都看到我的欢愉；
有时望着你，觉得意足心满，
一时不见，又渴望把你饱览；
从你那儿我获得了欢乐，
除此之外，对别的欢乐既不占有也不追求。
一天又一天，我饥一顿饱一顿，
有时饕餮大宴，有时则无食可餐。

七十六

为什么我的诗缺乏新的风采，
没有丝毫的变化，没有标新立异？
为什么我不与时俱进，却孤行一意，
不学新章新法，不慕新奇？
为什么我写诗的格调始终如一，
即便谱写新篇也用旧的主题，
几乎每一句都直白我的名字，
道明诗的根底和用意？
啊，亲爱的，你可知道，我的诗里只写你，
你和爱情是我永恒的主题；
我的绝技就是给诗意换新衣，
旧话一遍遍提起：
正如太阳落山又升起，
我的爱情在诗里一次次提及。

七十七

看一眼镜子，你就知道自己的美颜在消逝，
瞧瞧表盘，你就知道珍贵的时光如逝水东去，
这些白纸会留下你心灵的痕迹，
细细品味，也许会对你有教益。
镜中的皱纹真实地告诉你，
不可忘记坟墓已张开口要迎接你；
表盘时针的阴影悄悄迁移，
让你认清时光在向永恒偷偷迈动步履。
劝你把记忆不能保留的东西，
记载在这些空白纸张里，
你将看到心灵的胚胎在这儿孕育，
使你重新认识心的轨迹。
功课需时常温习，给你以教益，
使你的人生知识日新月异。

七十八

我常常把你当诗神乞求灵感，
于是我的诗就有了神来之笔，
别的诗人仿效我的诗体，
借你之名让他们的诗流布坊里。
你的明眸教会了哑巴放声歌唱，
教会了沉重的愚昧高飞云天里，
给鸟儿增添一副博学的翅羽，
令典雅有了许多庄严的新意。
而我的诗应该最令你自豪，
我的诗之灵感全来自你，源泉就是你；
对于别的诗人，你丰富了他们的诗体，
以你的端庄典雅滋润了他们的才艺。
你则代表了我全部的诗艺，
把我的愚鲁无知升华为知识的实体。

七十九

当初我默默乞求你赐予灵感，
我的诗充满了你的典雅美艳；
而今我那美丽的诗句不再清鲜，
诗神染病，让位于他人把你咏叹。
亲爱的，我得说，你就是爱的主题，
值得更有才华的诗人把你颂赞。
而诗人针对你所写的夸赞，
只不过盗用了你的风范，借此又把它归还。
诗歌歌颂你的美德，诗歌歌颂你的美丽，
美德来自于你的美行；
美丽镶嵌在你的容颜——
没有一句颂词不是把你原有的美再现。
请别感激诗人对你的称赞，
要谢得谢你，正是你给了诗歌以内涵。

八十

唉，为你写颂歌的时候我内心怅然，
情知一位才华横溢的诗人在把你的美名盛赞。
他的颂词极尽华妍，
使我想传扬你的美名，却又因笔怯而举步不前。
但你的价值，像海洋一样广阔无边，
海洋上既有宏伟的巨舰也有寒酸的小船——
我是一叶莽撞的轻舟，尽管小得可怜，
却执着地在辽阔的海面上扬帆。
你使一分力量就能助我行船于洋面，
而他傲然航行于万顷波涛间。
我是一叶微不足道的轻舟，破破烂烂，
而他则是气势伟岸的巨舰，轩昂非凡。
一旦他一飞冲天，而我结局悲惨，
最惨不过的——爱情是我毁灭的根源。

八十一

你死后，我将为你写墓志铭，
或者你仍健在，而我在土里腐烂；
我一死就会被忘得干干净净，
而死神夺不走人们对你的怀念。
我一别，就永远告别这个世界，
而你美名流芳，永存于人世间。
大地只能够给我一片公墓存身，
而你长眠的地方则是人们的眼。
我的柔情诗刻碑把你纪念——
现世的人会灵魂升天，
未来的眼睛把你百读不厌，
他们的舌头也将你口口相传。
我的笔建奇功，使你得到永生，
活在人们的心中，甚至活在他们的话语间。

八十二

我深知你和我的诗神并没有缔结姻缘，
因而诗人们把你作为美的主题写进诗卷，
以优美的语言把你称赞，
我看在眼里，心中并受轻视之感，
你的智慧和你的容颜一样出众，
我一管笔写不尽你的优点，
你只好另寻新秀，
为这个不断翻新的时代留下更清新的诗篇。
亲爱的，你完全可以这么办，
但他们工于辞令，用的是牵强的语言，
而你的朋友说的是肺腑之言，以真诚相见，
句句不空，只要展现你真实的美艳。
他们的“浓妆艳抹”最好去装点缺血的容颜，
不可用来亵渎你的靓脸。

八十三

我从不觉得你需要涂脂抹粉，
因而绝不用粉黛装点你的容颜；
我觉得，或者说是心灵发现，
诗人情乏笔怯，无法展现你的美艳，
于是我让我的笔睡眠，暂停对你的颂赞，
任你现身展现自己的光艳，
让天下的文笔都显得粗浅——
你的美一朝展现，美的价值有增无减。
你觉得我的沉默是一种罪愆，
岂不知缄口正是我的优点，
沉默寡言无损于美的尊严；
别人要给你以活力，却将你送入阴间。
那两位诗人对你的颂赞，
比不上你一只明眸中四射的光焰。

八十四

天下唯有你最值得夸赞，
有哪个诗人写出的赞词能夸尽你的优点？
那一词一句所蕴藏的内涵，
是列举你美德的清单。
若不添一份光彩给诗人的笔端，
他笔下的诗句就显得贫瘠寒酸。
而你是诗的主题，只要把你真实再现，
那就是一部高雅的诗卷。
诗人只需展现你已有的风采，
而非糟蹋上天赐给你的美艳，
这样的诗将令诗人名满天下，
其诗艺处处赢得钦羡。
你叫一切对你美好的颂扬颜色顿减，
常受人夸赞，但你令赞词显得粗浅。

八十五

我缄口息笔，保持了沉默，
而其他诗人却对你大唱赞歌，
挥动金色的笔，撒下一片闪光的词句，
极尽诗情撰写宝贵的颂语。
我有一颗诚挚的心，而他们有美丽的诗句——
我像一个不通文墨的教堂执事，只会说“阿门”，
而他们才华横溢、文字激扬，
能写出一首首赞歌。
耳闻赞歌，我认为你有这样的美德，
但总觉得大多数诗人把你歌颂得不够。
我对你一往情深，虽拙于词令，
却自认为是歌颂你的排头兵。
要称赞——他们激扬的文字；
要称赞——我沉默的真情。

八十六

是否因为他那雄浑激昂的诗句
赢得了你极为宝贵的赞许，
我成熟的思想才趋于平息，
将孕育思想的地方变成了墓地？
是否他那犹如神助之笔、超凡的诗句，
将我置于死地？
不，既不因他本人，也不因夜晚神灵相助，
我才把写诗放弃。
他，或跟他亲近的那个神灵，
那个夜夜赐给他智慧的神灵，
都无法让我息笔放弃，
我对他们没有任何恐惧。
怕的是他的诗句把你的形象写得丰满，
而我缺乏灵感，垂头丧气。

八十七

别了，你太贵重，我无法将你拥有，
可能你对自身的价值也心中有数——
你的价值等于一纸证书，
宣告你我之间的契约解除。
你不同意，我怎能把你拥有，
怎能把这样的瑰宝占为己有?
这样的礼品太珍贵，我无理由拥有，
只有把契约证书交出我手。
你曾经低估了自己的价值，或高看了我，
竟然对我钟情；
这礼品太厚重，送错了人家，
将它交还是明智的决定。
我曾经拥有你，像一场美梦，
我是梦中的国王，梦醒来一场空。

八十八

有一天你把我看轻，
以轻蔑的目光挑剔我的德行，
为了你，我会自戕自伤——
不顾你负义，也要证明你的高尚。
我对自己的缺点了如指掌，
为你之利，我要把自己中伤，
不惜揭出自己身上的暗疮；
你失去我，却将获得灿烂的荣光。
我也因此而获利，
因为我将全部的爱都给了你——
我自戕自伤，
对你有利，对我就加倍有利。
爱如此，我心只属于你，
为你的美誉，我愿把一切恶名承当。

八十九

若说你因为我的过错而将我抛弃，
而我对这一指责要做番辩析，
一提自身的缺陷，我立刻掩口不语，
对你的理由绝不反击。
亲爱的，变心无需寻找借口——
你对我的尊严的损害，
远不及我伤害自己；
明白了你的心意，
我会扼杀心里的感情，似陌生人远远把你躲避，
不再提起你那甜蜜可爱的名字，
生怕亵渎它，把它委屈，
还怕泄露你我的旧情旧谊。
为了你，我只怪罪自己——
你所憎恶的，我绝不姑息。

九十

要恨我，那就现在恨我何妨；
趁着全世界都在对我的行为中伤，
你不妨趁我遭厄运逼我屈降；
可别等我的心摆脱了忧伤，
平息了困厄的风浪，
你再来给我添新伤；
不要等风雨过后又掀起风浪，
长痛不如短痛，不要让痛苦延长。
要分离就分离，不必拖宕，
不必候至小风小浪逞尽凶狂；
要来就来个彻底，
一开始就让我饱尝大灾大难的悲伤。
一切灾难似是忧伤，
但无一甚于失去你的忧伤。

九十一

有人夸耀门第，有人夸耀绝技，
有人夸耀财富，有人夸耀体力；
有人夸耀新装，尽管怪模怪样；
有人夸耀鹰犬，有人夸耀骏骥；
每人性情各异，各有各的欢愉，
一人之欢愉与他人迥然有异；
然我之欢愉并非具体，
而是融所有的欢愉于一体。
对于我，你的爱胜于显赫的门第，
比财富更为珍贵，比锦衣华服更美丽，
所带来的欢乐高于鹰犬骏骥；
有了你，我自豪无比：
恰恰这一点最让人可惜——
你带走这一切，我将陷入极悲惨境地。

九十二

尽管你从我身边偷偷溜走，
你我的一生紧紧相连，
没有你的爱我的生命不会长久，
你的爱决定我的生命去或留。
既然小小的浪头就可叫我命丧黄泉，
便无须怕风狂雨骤。
只可见，我的生活柳暗花明，
不再取决于你的喜怒哀愁。
你一怒，我之命就不长久，
但你的反复无常再也不会惹我烦愁。
啊，我找到了幸福的意义：
有了你的爱即幸福，死亦乐悠悠！
但即便再幸福，岂能无烦忧？
怕你变心肠，对我却一丝风不透。

九十三

我将活下去，只当你忠贞不渝，
似甘愿受骗的丈夫，妻子明明有新欢，
却觉得妻子之爱仍属于自己——
你的眼望着我，心却在异地。
你的眼里看不出嫌恶，
令人无从知道你已感情转移。
许多人有变心的历史，
颦眉、蹙额都是变心的证据。
而上天造你时便定下天意——
在你的脸上永远留下爱的甜蜜；
不管你心里如何千变万化，
脸上只看得到柔情蜜意。
假如美德和外貌表里不一，
漂亮的面容会化为夏娃的苹果把人欺。

九十四

有能力恣意妄为却不兴风作浪，
绝不随波逐流，做表面文章——
对别人说得天花乱坠，自己却像石头一样，
冷冰冰无动于衷，面对诱惑不动心肠，
这样的人继承了上天的恩赏，
收藏了大自然的宝藏。
他们表里如一，而非空有姣好的面庞，
其他人则把典雅做衣裳。
夏日之鲜花，花开花落，
散播的却是那芬芳。
但如果鲜花染上了杂草的庸俗，
“庸俗”就会掩盖住“高尚”。
腐烂之气会代替馥郁的芳香，
变质的百合花比野草更恶臭难当。

九十五

耻辱犹如害虫藏在芬芳的玫瑰花心里，
玷污了你的盛名，损害了盛名的美丽，
而你却给它披上了甜蜜、可爱的外衣！
唉，你把罪行包裹得何等美丽！
长舌人讲起你日常的事迹，
明明说的是娱乐，却用淫荡的话语，
语气是称赞，却难逃贬低的嫌疑，
实际是对你美名的歪曲。
他们有一座藏污纳垢的殿堂，
竟然拉你去做装潢，
于是所有的污点都有了美丽的外装，
眼见得一切都变得壮丽辉煌！
亲爱的，你可要警惕这欺人的荣誉，
快刀子使用不当，就不再锋利。

九十六

有人说，你错在年少，有点轻佻放荡；
有人说，你美在年少，风流倜傥；
你的错或者美都多多少少得人欣赏；
“错”在你这儿竟成了荣光，给你增光，
就似极为廉价的戒指戴在执掌王权的女王手上，
便成了备受推崇的对象，
而“错”在你身上，
会被解读为真理，被视为真理敬仰。
假如给狰狞的豺狼披上羔羊的外装，
几多无辜者会吃亏上当，
假如你使出全身的力量，
几多你的崇拜者会在迷途上徜徉！
可别这样，我对你的爱深似海洋，
你属于我，我要的是你美好的名望。

九十七

岁月如飞梭，你是我唯一的欢乐，
离开你身边，就像置身于冬天！
天色阴冷，只觉得浑身的寒！
满目凄凉萧瑟，在这隆冬十二月天！
别离时正夏日炎炎，
秋天多产，累累的果实使它充实丰满，
枝头结着快乐时光留下的物产，
像新寡之妇，大腹便便：
可这丰硕的景象在我眼里，
如无父的孤儿般孤零可怜；
夏日和夏日的欢乐都跟随在你身边，
你一走，连鸟儿也沉默寡言。
即便鸟儿歌唱，也是强作欢颜，
催得树叶枯黄，只怕冬天已不远。

九十八

春天，我没能守在你身边，
四月披上盛装，绚丽灿烂，
一草一木都春意盎然，
连那不苟言笑的土星也换上笑颜，舞姿翩翩。
可是，无论是百鸟啁啾，
还是姹紫嫣红，鲜花喷芳吐艳，
对我都不是繁茂景象的展现——
我不愿采摘昂然花茎上的花瓣，
不愿把洁白的百合花艳羡，
不愿将那艳红艳红的玫瑰花咏叹；
那一片芬芳，那令人赏心悦目的花姿，
是对你的模仿，而你才是榜样。
没有你在身边，似冬天一样；
你留下的只是倩影，和我相依相傍。

九十九

看到提前绽放的紫罗兰，我禁不住说：
“温柔的小偷啊，若不是从我恋人的口中盗来了馨香，
你的芬芳又来自何方？
瞧你娇嫩花瓣上的紫颜色，它来自我恋人的血管，
只是染在你脸上十分不恰当。”
恋人啊，我谴责百合花盗用了你的纤手，
墨角兰的蓓蕾则用你的秀发做衣装；
再瞧那玫瑰花胆怯地站在枝头上，
红的，偷你的惭愧，白的，偷你的绝望，
那不红不白的，盗来的是两样，
不仅如此，还盗来了你呼吸的芬芳。
只见那盗贼花儿，昂首挺胸、得意洋洋，
冷不防，报复心切的虫子冲来将它们全吃光。
我见过花儿千朵万朵，但没有一朵
不从你那里盗取颜色和芳香。

注：本首原诗为15行。——译者注

一百

诗神啊，你在何方，
竟长期忘记把你汲取力量的源头歌唱？
莫非你把激情宣泄在俗歌滥调上，
浪费精力去为庸俗的题材添彩增光？
回来吧，健忘的诗神，挥笔写几首温情的诗歌，
赎回那轻轻抛掉的时光；
写一首赞歌给崇拜你的人听，
正是他给了你的笔灵感和内涵的力量。
起来吧，懒惰的诗神，请你看看我恋人那俊美的脸庞，
看时光是否把皱纹刻在了我恋人的面容上；
如果皱纹爬上了他脸庞，你就写讽刺诗，
让催人衰老的时光遭鄙视，无存身的地方。
赶在时光夺命之前，快让我的恋人美名远扬，
快挡住那风刀霜剑的时光。

一百零一

偷懒的诗神，你不该将交融着“美”的“真”错过，
你要如何弥补自己的过错？
“美”与“真”以我恋人为依托，
你也是靠他才名声显赫。
诗神，作为回答，你也许会这样说：
“‘真’有‘真’的本色，无须着色；
‘美’乃真美，无须写赞歌；
用不着加工改造，完美永远是完美。”
难道他不需要赞美，你就沉默？
不要为你的沉默寻找借口，你有职责
助他把涂金抹彩的坟墓越过，
让他千秋万代受人讴歌。
诗神，劝你承担起你的职责，
让他现在的光辉形象永垂史册。

一百零二

我的爱更浓，虽然看上去有点淡；
我的爱表面有点冷，其实热度不减；
除非把爱当商品，
贪财爱富的卖主才摇唇鼓舌把爱传遍。
我们那时才新恋，又正当春天，
我常常用歌声把爱盛赞，
像夜莺在初夏歌声缠绵，
盛夏时它的歌声就再也听不见：
比起当初万籁俱寂的夜晚哀歌一片，
盛夏并非不是好时间，
而是歌声过重会把枝头压弯。
甜蜜的歌唱得多了，就不再令人喜欢。
我学夜莺，有时也默默无言，
免得我的赞歌唱多了，使你烦厌。

一百零三

唉，我的诗神明明有施展才能的空间，
可她拿出的诗品何等寒酸！
题材加了我的称赞，
反不如它本色那般光艳。
啊，我若不能再挥洒笔墨，请你别把我责难！
照照镜子吧，镜中有一张俊脸，
其俊美超过了我的拙词烂篇，
令我的诗句黯然失色，让我丢尽颜面。
原本好好的题材，却用涂鸦之笔装点，
难道这不是罪愆？
可怜我的诗只把你颂赞，
只把你的典雅和才情写进诗篇。
你照一照镜子，那儿你之所见，
不知多少倍强过我的诗篇。

一百零四

我觉得你永不衰老，漂亮的朋友——
你美丽如初，跟我最初看到你时一样。
三度严冬将三个夏季的青枝绿叶一扫而光，
三度秋天把美丽的春景变为枯黄，
三度四月的芬芳被焚烧于六月的骄阳，
只见季节交替，而你却美如以往，
仍像最初见到你那样亮丽，散发出清新光芒。
唉，可是你的美啊，如表针一样，
悄悄在表盘上移动，
不见挪脚步却换了地方；
你的娇容，我以为是永恒，
其实在移动，只是欺骗了我的眼睛：
后世的人们啊，请听我说一声，
只怕你们还没出世，那翠绿的美就已消失。

一百零五

请别把我的恋人称为偶像，
也别把我的恋人当偶像敬仰；
尽管，我的颂歌全都一样，
只献给我的恋人，始终如一把他歌唱。
我的恋人有副善良的心肠，永不变样，
还有美好的品德使他的爱地久天长；
于是我的诗也是一样，
别的事情不表，只把忠贞赞扬。
我的诗里只把真善美歌唱，
诗句不同，主题却是一样；
一词一句的变化蕴含着我的创造力，
将真善美合为一体，塑造出绚丽多彩的景象。
以前，真善美各据一方，
而今，它们欢聚于一堂。

一百零六

翻阅古荒年月的记载，
我看到那儿有歌颂美人的诗篇，
艳色古韵令诗篇美丽无限，
将作古的佳人和多情骑士夸赞——
夸不尽那些美丽人物的丰姿倩影，
浓墨重彩赞美他们的肢体和五官。
我发现，那些古老的诗卷，
歌颂的正是你今日的美艳；
所以，他们的颂歌只是预言，
是对我们时代的预言，是对你的称赞；
只不过他们观察你用的是想象的眼，
其颂歌不能把你的风采尽显；
而我们当代人看得到你的容颜，
眼睛惊羡，却无舌把你咏叹。

一百零七

我内心忧虑地泛动，

还有那梦想连篇、能预言未来的宇宙精灵，

都约束不住我的一往真情——

尽管这真情注定会化为泡影。

月亮并没有毁于月食——

占卜师郁郁寡欢，他们的预言成了笑柄。

动荡到了极点就转为平安，

和平的橄榄枝万古长青。

沐浴着和风细雨、馥郁芬芳，

我的爱清新秀丽，令死神归降。

不管死神多猖狂，把愚钝寡语的人欺凌，

我的爱在这诗里永远留香。

你，在这儿化为一道丰碑，

而暴君的饰章和铜墓纷纷变成灰。

一百零八

我心里的真情，
是否还有些未用笔墨加以形容？
我的爱，或你美好的德行，
是否还有些需要表明，留在诗中？
没有了，亲爱的，但像祈祷一般神圣，
我必须天天海誓山盟：
“你属于我，我属于你。”
不厌其烦，犹如我当初崇拜你的美名。
于是，我的爱既新鲜又永恒，
不因岁月的流逝而蒙尘和殒命，
不会让悄然而至的皱纹所左右，
而是让时光永远听命。
尽管时光和面容显示出爱的凋零，
但真正的爱有着初恋的热情。

一百零九

啊，虽然别离似乎减弱了我的热情，
但千万别抱怨我改变过心肠。
我的灵魂已扎根于你心中，
我不能抛弃自己——抛弃我灵魂居住的地方。
这儿是我爱情的家园，
如果说我曾经流浪，游子毕竟要返乡；
现已准时归来，没有耽搁和徜徉，
还带来了清水把污点涤荡。
和天下所有人一样，
我性格里也有弱项，
但千万别相信我会如此荒唐——
舍掉你这块珍宝去追求“虚妄”。
天地虽广阔，却处处是“虚妄”，
只有你，我的玫瑰花，是我唯一的希望。

一百一十

唉，是的，我曾经东游西荡，
扮成小丑供人观赏，
一时鬼迷心窍，竟把至宝轻抛，
结新情却把旧情伤。
是的，我曾侧目看真情，
用的是淡漠的眼光；
但所幸这迷情让我心里又一次充满青春之光——
历经不幸我方醒悟你是最忠贞爱情的湾港。
乌云已散尽，请接受我绵绵无尽的爱，
我再也不会燃起无妄的欲望，
去结新友把旧友伤——
爱神啊，我只把爱系于你身上。
迎接我吧，我的第二个天堂，
迎接我回到你那无比纯洁、无比真挚的胸膛。

一百一十一

啊，请为我把命运之神责难，
他是导致我失足的罪犯——
在人生道路上，
他没有引导我遵循公德要求的规范，
于是我的名字便把耻辱的烙印增添。
差不多正因为如此，我天性沦陷，
像是进了染缸，被染工漂染。
可怜可怜我吧，请赐给我新生——
我就像一个渴望痊愈的病人，
愿意喝强效的药解除这重度感染。
不管药有多苦我都不嫌，
也不辞两重忏悔以赎我的罪愆。
可怜可怜我吧，亲爱的朋友，
你的怜悯一定能使我康复平安。

一百一十二

庸俗的蜚语流言把烙印留在了我的额上，
你的爱和同情将它一扫而光；
有你为我抚平羞耻和鼓励表扬，
别人的毁誉我怎会放在心上？
你就是我的整个世界，
我需倾听你说什么是耻辱什么是荣光。
我不在乎他人，他人也不在乎我是否活在世上——
善与恶，谁也改变不了我铁打的心肠。
我把他人的看法，全都抛入深渊万丈，
充耳不闻那些批评和表扬——
你不妨注意一下我是怎样待他人以淡漠的心肠。
你强烈地占据了我的心房，
除了你，
我觉得全世界的人都已死光。

一百一十三

自从离开你身旁，我的眼睛就变了样，
平时为我指引方向，
而今却失去功能，像瞎了一样，
似乎在看，其实如失明一样：
花鸟景物，千姿百态一闪而过，
眼睛里留不住这景象，
脑海里没有痕迹，
也不能把它们传到心上。
无论看到何种景象，
或粗俗或典雅，或美丽多姿或奇形怪状，
或山或海，或昼或夜，或鸦或鸽，
一幅幅，一样样，全都化为你的面庞。
我心有你，满满当当，什么也不能再装，
一颗诚挚的心把眼睛衬托为虚妄。

一百一十四

你是否在我心里至高无上，
即便饮鸩也视为荣光？
还是说我的眼睛没有欺诳——
你的爱给了它点石成金的力量？
教它把狰狞可怖的牛鬼蛇神，
变为你一般模样可爱的天堂守护神，
将丑陋化为甜美，
只要一沐浴你那柔和的光芒。
啊，这第一眼，看你一眼就惹人醉——
我的眼知道如何迎合心的口味，
敬献一杯它喜欢的茶饮，
而高尚的心极其庄严地一饮而尽。
即便是毒茶，其罪也可恕——
我的眼先看上它，而且先饮。

一百一十五

我从前写的那些诗全是谎言，
连“我的爱无以复加”也包括在里边；
那时我鼠目寸光，无法想象，
极旺的爱火以后竟然发出了更炽热的光焰。
但考虑到风云变幻会影响爱的誓言，
叫国王朝令夕改，令神圣的美丑陋不堪，
磨钝锐利的意志，
使坚定的心左右摇摆、不时变幻——
唉，怕就怕这蛮横的时间捣乱，
即便面对当前的动荡我气定神闲，
可还有对未来的忧患，
所以恐怕不能说：“我爱你爱到了极点。”
爱是婴儿；所以我不能这样断言——
爱需要成长，成长到立地顶天。

一百一十六

我不承认两颗诚挚的心结合会有障碍——
如果爱随波逐流、轻易改变，
遇风浪便左右摇摆，
爱就不复为爱。
啊，凡爱情犹如灯塔，坚定不移，
蔑视暴风雨，绝不动摇；
爱是朗星，为迷舟指引航道，
朗星之高度可测，价值之大却无从知道。
红颜会衰老，难逃过那时光镰刀的横扫，
但爱情却不是时光的玩偶，不因时光的流逝而衰老；
斗转星移，不变的是坚定的爱情，
它永不动摇，哪怕是天荒地老。
天作证，假如我稍有虚言，
就永不写诗篇，权当爱情从未降临人间。

一百一十七

要谴责你就谴责，说我寡义薄情，
没有回报你的蜜意甜情，
竟然疏于问候你真挚的爱情——
岂不知你的爱一天又一天把我牵动；
说我和陌生人朝夕相伴，
竟将你珍贵的感情搁置一边；
说我高扬起航海的风帆，
远至天涯海角，让你看不见。
你可以列举我恣意妄为的错误举动，
推测和积累证据加以举证，
让我回你身边，看你蹙额的容颜，
但千万别向我射出怨恨的毒箭。
我要申辩：我竭尽全力把你的爱挂在心间，
我知道你的爱无比忠贞，永不改变。

一百一十八

就像我们为了增进食欲，
用种种辛辣调味品把胃口刺激；
又好比不得不服泻药把肠清，
预防无法窥见的疾病。
饱食了你那总是令人胃口大开的甜蜜，
我得换辛味品做食粮；
厌倦了康泰平安，就寻找别的味道品尝，
尽管完全没必要，也大病一场。
于是，这种防患于未然的爱情策略，
却落了个大错特错的下场：
明明是健康的身体却乱下药石，
用“恶”把“善”医治。
不过，我因此获得了真正的教训：
药变毒，只要对爱产生厌倦。

一百一十九

我不知暗自饮下了多少痛苦的眼泪，
那滋味似在炼狱里煎熬一样，
希望里含恐惧，恐惧里含希望，
眼看即将胜利，却落得失败下场！
我曾经心醉神迷，自以为无比幸福，
心灵的失足却留下了悲哀的创伤！
我的眼睛看走了样，
一发昏，都怪这热烈的疯狂！
啊，坏事能变好事，我发现的确是这样，
好事经过风浪则发出更亮的光。
受损的爱情一旦修复，
就比以前更美丽、更坚强、更辉煌。
于是，我备受谴责的心感到了满足，
因祸得福，我的幸福增加了三倍的光芒。

一百二十

你一度对我狠心肠，反而有益处可讲——
那时我的确感到悲伤，
我自己的过失又不能使我把头高昂，
我的心既不是铜也不是钢。
如果我的过失给你造成的创伤像你给我的一样，
你就会感到撕心裂肺的痛创！
我这个暴君竟无闲暇，
把你的过错对我造成的痛苦衡量。
啊，但愿那个悲怆的夜晚永不淡忘，
我将牢记那悲哀给我带来的痛伤。
但愿你原谅我，我也把你原谅，
用良药医治伤痕累累的胸膛！
但是须把过失当作教训，
过抵过，双方必须彼此原谅。

一百二十一

宁愿堕落也不愿背负堕落的名声——
身受不白之冤，
明明是正当欢情却蒙上恶名，
仅凭他人的主观臆断，不顾我们的感情。
他们为何用虚伪卑鄙的眼睛，
观察我流淌着活跃鲜血的生命？
明明不如我的人为何要挑我的毛病，
肆意贬低我心中美好的事情？
我就是我，他们的诽谤，
只会反衬出他们丑恶的原形——
我身正影正，而他们才是歪形斜影。
他们意图肮脏，不配评价我的品行——
除非他们认定恶乃人之本性，
恶在世间无处不横行。

一百二十二

你所赠送的手册永远留在我的记忆中，
一字一字刻在我心上，
超越无聊乏味的名位，
穿过岁月的长河至地老天荒；
或者至少说，只要大自然允许，
允许人心存在于世上——
人心灭，才把你给遗忘，
否则你万古流芳。
怕只怕可悲的记忆难以那般久长，
我不能把你柔情的爱留在册上，
大着胆子委爱于他方，
让你珍藏在别的地方：
如果需要手册把对你的记忆珍藏，
就等于说我心善忘。

一百二十三

不，时光，你不能说我变化无常：
你新建的金字塔，不管多雄壮，
对我一点不稀奇，而是寻常；
那只是旧景象披上了新装。
我们生命苦短，才把你赞扬，
即便你展现的只是旧的景象。
你以为这能满足我们热切的欲望，
岂不知我们早就听说过那景象。
对你和你的记载我全不买账，
过去如此，现在也一样——
你的记载和我们看到的景象全都撒谎，
是你在匆匆流逝中留下的孽障。
我发誓将永不改变心肠，
日月荏苒，但我的真情始终一样。

一百二十四

假如我的爱系权势所生，
它就会是时运的杂种，
受时光宠辱的播弄，
同野草闲花同灭同生。
不，它绝不是偶然迸出的火花，
不会为华艳的笑颜所动，
也不会屈从于世运的风浪，
不畏世态炎凉，堂堂正正。
它不怕阴谋诡计、异端邪说，
知道它们混淆视听，会转瞬消失干净。
它巍然屹立，成熟、挺拔，
不畏骄阳的暴晒，不畏骤雨的冲刷。
被时光愚弄的人们，快来作证！
你们生前一错再错，死后要你们见证真情！

一百二十五

这有什么用处呢，即便我为你撑起华盖，
为你涂金抹彩？
原以为奠定坚实的基础可延续千秋万代，
还不是瞬间消失，如飘走的云彩？
岂不见蝇营狗苟、追欢求乐，
心血耗尽，到头来一场空，
舍弃清淡而求甜腻，
可悲的荣华在顾盼中化为泡影？
啊，请在你的心中留下我的钟情，
求你收下我的礼品，虽微薄但意重，
不含杂质，没有假意虚情，
有的只是问候和我对你的真情。
警告那些作伪证的告密者：
诬告控制不了真挚的感情。

一百二十六

啊，可爱的小男孩，你威力无边，
竟然控制了时间的沙漏和风刀霜剑，
不见你衰老，却风采光照人间，
而你的恋人则老了容颜。
如果说主宰盛衰的大自然，
要挽留住你，当你一步步向前，
其意在把她的本事展现——
扼杀那分分秒秒，让“时光”丢脸。
你固然是她的宠儿，也得留三分心眼，
她把你当宝贝保留只是暂时，而非永远！
她欠的账虽中途拖延，但毕竟要还，
到那时她会把你列上还账的清单。

注：本首原诗只有十二行——译者注

一百二十七

在遥远的过去，黑算不上美，
即便有美的实质，也无美的名声。
而今，黑把美的名号继承，
给美招来了侮辱和骂声：
人人都在修改自然的容颜，
给其换上假脸，把丑八怪变得美艳，
于是甜蜜的美名声扫地，不再神圣，
纵不是忍辱偷生，也遭了不敬。
我的恋人却生就一双乌鸦般的眼睛——
一双悲哀的眼睛，似乎在伤情——
为那些丑而欲美的人伤情，
怪他们弄虚作假，亵渎了造化之功。
那双哀伤的眼睛含的是真正的感情，
让人不得不说这就是美的真容。

一百二十八

不知有多少次响起音乐声，
你可爱的手指在木键上轻轻地弹动，
幸福的琴键跳动、歌唱，
旋律悠扬——那是悦耳之声。
那轻快跳动的琴键让我眼红，
眼红它们能亲吻你娇嫩的手心，
我可怜的嘴唇原本应该享受这种幸福，
此时只能冒冒失失守在琴键旁，满脸通红。
经不住诱惑，我的嘴唇真想跟它们换位置，
化为琴键，随着你手指的轻抚跳动——
那轻抚起死回生，
给了僵死的木键比人的嘴唇更鲜活的生命。
既然那些活泼的琴键乐在其中，
那就把手指留给它们，把嘴唇给我用。

一百二十九

耗费精力谈耻辱就是纸上谈兵，
无异于对色欲的纵容；
色欲本身虚假、凶险、残忍，无一处为荣，
它野蛮、冲动、无礼、无情，不讲信用，
刚尝到甜头，就露出狰狞；
它不顾理智孜孜以求，一旦得手便把厌恶生，
大有吞下了诱饵之情——
仿佛别人专门设下诱饵，让上钩者失去理性；
失去理性去追求，失去理性去占有，
过去发生，现在发生，将来还会发生——
一场贪欢求乐到头来一场灾情，
事前欢乐融融，事后只有噩梦。
道理普天之下都知道，但无人真懂，
无人懂怎样避开这个引人下地狱的天堂。

一百三十

我恋人的眼睛一点不像太阳；
她的芳唇也没有红珊瑚那红艳的光；
如果和白雪相比，她的酥胸则黯然无光，
若把头发比作铁丝，那么铁丝就在她头上。
我见过红白玫瑰，轻纱一样，
却不见这玫瑰色出现在她脸上；
一些香味令人陶醉，
而我恋人的呼吸里闻不到这醉人的芬芳。
我爱听她说话，可是我很清楚
她的嗓音远没有音乐那般悠扬；
当我的恋人行走在路上，
我承认从未见女神的步态像她那样。
可是，天作证，以上比喻只是虚拟，
其实在我心中她之美艳光芒万丈。

一百三十一

你的暴虐专横
不亚于那些因美貌而跋扈的女人；
因为你知道我有一颗宠爱你的心，
把你视为奇珍异宝珍存。
不过，说实话，一些见过你的人
都说你的脸缺少那种魅力叫爱人呻吟；
我不敢当众宣称他们的话是谬论，
但在内心却发誓他们的话不属于真，
而且断定我的誓言决不欺人，
因为我一想起你的面容，
就一个接一个，连连呻吟；
对于我，你的黑最妩媚，胜过一切美人。
诽谤之声之所以横行，是因为
他们觉得你的“黑”仅在于你的人品。

一百三十二

我爱你的眼睛，因为它们对我表示同情；
知道你的心轻蔑我，折磨得我痛不欲生，
于是它们蒙上黑色，哀悼爱情，
同情我的痛苦，一副缱绻深情。
的确，无论是天上旭日东升，
给东边天空灰蒙蒙的脸颊添上美景，
还是傍晚那朗朗明星，
给西方昏暗的天空带来光明，
都不及你脸上那双凄哀的眼睛让人心动。
啊，但愿你的心也像眼睛，对我表示哀痛，
哀痛能使你妩媚倍增，
跟所有的感情一样融入同情。
那时我敢断定黑容即美容，
舍你的肤色之外，其余的颜色都可憎。

一百三十三

该诅咒的是那颗心——是它让我的心呻吟，
是它给我和我的朋友带来了深深的伤痛感；
难道光折磨我一个还不够，
还要把我的朋友贬为奴隶，任你驱赶？
你残酷的眼睛把我一分为二——
将一半掳走，另一半则无情地霸占。
我所经受的是三重苦难——
被他、被我、被你抛在一边。
还是把我的心囚禁在你铁石的心里边，
以我之心保释我朋友之心出监；
不管谁是看守，我的心都要保他安全，
谅你也不会在狱中对我厉色厉颜。
不，你会厉色厉颜，因为我是你的囚犯，
我和我的一切都必然掌握在你手里边。

一百三十四

现在我承认他属于你，
并按你的意愿把我抵押给你；
只要你交还我的另一半作为我的慰藉，
我情愿献出我自己；
可你不愿意，连他也无此意，
只因你贪婪，也因他的善意——
他作为保人在契约上签了字，
为了我，倒把他自己牢牢拴系。
你的美貌给了你权力，
于是你放债，将一切都作为高利贷放出去，
控告因我而负债的我的那位知己；
由于我的倒行逆施，我把他失去。
我失去了他；我们俩都属于你；
他整个人都归了你，而我也未能脱身而去。

一百三十五

人人都有心愿，你也有自己的心愿，
而且多不胜数，广阔无边，
可我还是要把你纠缠，
愿把我也列入你美好的心愿里边。
你的心愿有着丰富的内涵，
难道就不能开恩把我也包含？
别人的意愿让你喜欢，
难道我的意愿就不能令你青眼相看？
大海满是水，照样承受雨点，
开阔的胸怀海纳百川。
你的心愿虽然很多，也应纳入我的意愿，
使你的心愿得以壮大、扩展。
对待求爱的人千万别无情、武断；
让众愿同一愿，请把我也包含。

一百三十六

你的灵魂若阻止你，不让我接近你身边，
请对你那瞎眼灵魂说我是你的“心愿”，
它清楚“心愿”允许进入心里边。
为了爱，请满足我美好的心愿。
“心愿”将充满你爱情的宝藏——
啊，那就让它满满当当，把我的心愿也包含。
经证明：对于大储量的容器，
多装一件东西全无关系。
请允许我充数，杂于其中，
让我成为那些东西的其中之一。
你可以把我看作微不足道，随你的心意，
却必须视我为你心爱的东西。
把我的名字当你的爱，始终如一——
我的名字就是你的心愿，你会爱我到底。

一百三十七

盲目愚蠢的爱神啊，你怎么蒙蔽了我的眼，
竟叫它们对什么都视而不见？
它们认得美，也知道美在哪边，
却居然错把那极恶当作至善。
若是我的眼犯糊涂，充满了偏见，
停泊在人人都可进入的港湾，
你就不该利用我错误的观点做诱饵，
影响我心灵的判断。
唉，我的心明知道那是普天之下的公地，
为何偏要当作私人的地盘？
或说，我的眼为何要颠倒黑白，
硬拿美丽的“真”蒙住丑恶的脸？
我的心和眼迷失了航线，
受到了虚妄疫病的感染。

一百三十八

我的恋人发誓说她句句是真言，
我声称相信她，即便我知道她在欺骗，
好让她以为我年轻，没有经验，
不懂得世间种种骗人的手腕。
我徒劳地想让她觉得我是个青年，
其实她知道我的盛年已一去不复返；
我一味地相信她满嘴的谎言，
于是真实的情况在两边都受到了隐瞒。
可她为什么不承认自己的话是谎言？
为什么我又不承认自己已步入暮年？
唉，爱的最好的外衣就是真假参半，
热恋中的老年人不喜欢说自己是老年。
我欺骗了她，她也把我欺骗，
我们将错就错，满足虚荣心靠的是谎言。

一百三十九

哼，别指望我原谅你的过错，
原谅你那叫我痛心的冷漠；
你可以话语伤人，但别用眼睛害我；
要杀要剐由你，不要耍诡计阴谋。
你爱情别移，请你直说；
亲爱的，千万不要当着我的面对别人递秋波。
你完全有力量将毫无防御能力的我击垮，
又何必要伎俩害我？
还是让我替你申辩一句：唉，我的爱人知道
她妩媚的目光对我不利，
因而才把目光从我的脸上转移，
将这害人的毒箭射向他地。
请别这样，反正我已奄奄一息，
就用你的眼睛让我死个彻底，摆脱苦难境地。

一百四十

你残酷无情，也应该放聪明，
不要欺人太甚，把沉默寡语、一忍再忍的我紧逼，
免得悲哀让我多了话语，透露心机，
那时缺乏怜悯、痛苦万分的我就会反击。
假如你学会了应变随机，
即便不爱我，你也应该把爱提起。
好像急躁不安的病人临近死期，
只想从医生口中听到康复的消息。
我会发疯，如果我陷入绝望的境地——
疯狂的状态，难免会说出话对你不利；
如今这糟糕的世道越来越不可取，
疯狂的世人偏爱听疯言疯语。
要我不发疯，不把你攻击，
你得把眼光放正，哪怕你的心飞往他地。

一百四十一

说实话，我的眼睛并不喜欢你，
它们发现你身上有千百种劣迹；
但眼睛瞧不起的，心儿却着迷，
它一味溺爱，不管眼睛怎么看你。
我的耳朵也不喜欢你唱的歌曲，
连我那喜欢庸俗抚慰的缱绻情感，
以及味觉，或嗅觉都不见得乐意
和你一道共赴放纵情欲的筵席。
可是无论我的五种感官或智慧
都不能阻止我的一颗痴心侍奉你，
它不管我表面上如何，只是坚定不移，
做你那颗骄傲心的奴仆，一意为你效力。
有失就有得，有灾便有喜，
我失足堕落也会有教益。

一百四十二

我之爱是罪，你之美德是憎，
你憎我之罪，只为我戴罪的爱情。
唉，把我之情比你之情，
你就会发觉责备我是多么无情。
即便要责备，也不应出自你的口中，
因为你的口亵渎过自身的口红，
跟我一样多次虚情假意地海誓山盟，
夺走别人床笫间的欢情。
我痴情地盯着你，而你对别人眉目传情——
我爱你，而你爱他们，就算这合理合情，
只求你在心里把怜悯播种，
待它枝繁叶茂，用它换取别人对你的同情。
假如你一味地追求，不知施情——
你自身就是榜样，必将得到的是无情。

一百四十三

瞧你像个主妇，小心翼翼，步步紧逼，
在追赶一只奔逃的母鸡，
放下怀中的孩子飞快向前跑去，
急着抓回那逃跑的东西。
被丢下的孩子跟在后面，
边跑边哭哭啼啼，
主妇则一心一意要抓住那飞跑的母鸡，
全然不顾可怜孩子的哀哀凄凄。
你的情况也是一样，只顾撵前面的意中人，
而我则像那孩子跟在后边追你。
如果你如愿以偿，千万要回到我身边，
尽母亲的本分，亲亲我，和和气气。
只要你肯回头来抚慰我的悲啼，
我就会祈祷，愿你随心所欲。

一百四十四

我有两个恋人——安慰和绝望，
它们像两个老给我出主意的精灵一样；
善精灵是个男子，相貌堂堂，
恶精灵是个女子，其貌不扬。
女精灵恨不得让我早日下地狱，
于是使计让善精灵离开我身旁，
要化善为恶，叫我一落千丈。
她搔首弄姿，频递秋波，把纯洁的善精灵诱惑，
至于她是否得手，将善精灵变成了恶魔，
我只能猜度，无法直说结果。
不过，他们结为好友，都离开了我，
一道下了地狱——我猜度。
可是我永远也无法知道结果，心里只有疑惑，
待恶精灵把善精灵逐出地狱，方可解我疑惑。

一百四十五

那两片爱神精雕细刻的芳唇，
冲着因她而面容憔悴的我，
发出了这样的声音——“我恨”！
但看见我十分悲痛，
她立刻起了怜悯之心，
责怪自己那一贯甜蜜的嘴巴——
一贯温声款语的嘴巴，
要它改变口吻。
于是她改腔换调，给“我恨”将尾巴增添，
那尾巴犹如白日青天，
紧跟在恶魔般的黑夜后边，
把它从天堂甩进阴间。
她在“我恨”后面加了“但不是你”——
“恨”意顿消，成了我救命的稻草。

一百四十六

可怜的灵魂啊，你是我罪恶躯壳的中心，
叛逆的力量排列在四面八方。
你明明忍受着饥馑，愁断肠，
为何还要把外表打扮得那样富丽堂皇？
赁期那么短，这倾颓的大厦，
难道真值得你这般浪费铺张？
是否要让蛆虫来继承这奢华，把它吃光？
你的躯体难道需要这样的下场？
不如叫灵魂永存，让躯壳消亡，
彼消此长，以丰实你精神的宝藏；
售出无用的分分秒秒，购入永恒的时光，
让内心获得滋养，别管外表如何堂皇：
你将用夺人性命的死亡作为滋养，
把死亡吃光，就再也不会有人把性命伤。

一百四十七

我的爱像是热病一样，
一门心思希望能够延长，
服用灵丹使这种病状保持原样，
让这多变病态的欲望长久盛旺。
医生帮我治疗这爱的疾病，
见我不服他的药方，不由怒火万丈，
便弃我不管，令我绝望——
医术回天无望，就意味着死亡。
我治疗无望，丧失了理智，
整天都惶惶不安、烦躁、疯狂；
无论思想或言谈全像疯子一样，
虚无缥缈、杂乱无章。
全因我曾极口称赞你美，说你散发出光芒，
谁料你却如漆黑地狱，如黯淡夜色一样。

一百四十八

天哪，爱神安在我身上的这是什么眼睛，
反映的并非真实的情景！
如若不然，就是我的判断力出了毛病，
明明是实情实景它却批评？
假如我的眼睛看得分明，
为何天下人都说并非这般情景？
倘若大家说得对，那就证明——
坠入爱河的人看得不如他人分明。
恋人的眼睛整日担忧地观望，泪水流个不停，
又怎能看得分明？
难怪我会看错眼前的情景；
太阳公公要看得清，也得有晴朗的天空。
狡猾的爱神啊，你让泪水模糊我的眼睛，
怕我的眼看得分明，挑出你的毛病。

一百四十九

唉，狠心人，为了你，我把自己憎恨，
你怎能说我情不深？
我心里只有你，为了你，
我不是把自己都忘记，我的暴君？
你之嫌恶即我之嫌恶，
你之憎恨即我之憎恨！
啊，即便你憎恶我自身，
我不也折磨自己，伴随着呻吟？
我何德何能可以炫耀，
敢于蔑视对你的效命？
一看到你那流盼的眼睛，
即便你的缺点也会引起我无限的崇敬。
唉，要恨你就恨吧，我已看透了你的情——
你爱的是明眼人，而非我盲目的爱情。

一百五十

你从何处获得了这通天本领，
即便浑身毛病也能把我的心操纵，
叫我颠倒黑白，混淆实情，
竟污蔑天空不是靠太阳照明？
你从何处获得了这化腐朽为神奇的本领，
明明是不良行径，
却使出手段，展现神通，
叫我觉得你的劣迹也是至善行动？
据我所闻所听，你为他人所憎，
是谁叫我对你的爱又加深了一层？
我爱他人之所憎，
只求你不要随俗流憎恶我的真情。
如果你的不良行径都激起了我的爱情，
那么我的品行就更值得你钟情。

一百五十一

爱神太年轻，不懂得良心为何情——
谁不知此情为爱所生？
奉劝你，温柔的负心人，别抓住我的过错不放松，
免得我之错将可爱的你也牵连其中。
你道出我的实情，
我也就不再道貌岸然，要说出我庸俗的肉体的不忠。
我的灵魂要发出呼声——
“他”输于欲，即便赢于情。
一听见你的大名，我的灵魂就会作证：
你是它赢得的财宝，使它自豪，
它甘愿当你卑微的苦工，
供你驱使，为你殉情。
缺乏良心就不能称之为爱情，
我之沉浮全为可贵的爱之情。

一百五十二

我说爱你，却违背了誓言，
而你也两次将山盟海誓抛在一边；
你撕毁了床笫之盟，背弃了新的誓言，
结新欢，又把仇恨添。
我无数次出尔反尔，而你仅两次食言，
要怪只怪我乱发假誓言，
我怎能指责你厚颜？
对你的庄重誓言成为乱语胡言，
你对我的信任也尽失在里边。
我曾信誓旦旦，说你仁爱无边，
说你爱得热烈、忠贞，一腔忠心赤胆——
为了增添你的光艳，我说话时闭着眼，
或让眼撒谎——证言与事实相反。
我曾夸赞你美，那是虚伪的谎言，
违背事实，荒诞不堪。

一百五十三

爱神放下手中的火炬，沉沉睡去，
月神的一个侍女觑这个方便，
飞一般将那激发爱情的火炬窃取，
浸入冰冷的山泉里边；
山泉得益于神圣的爱情火焰，
泉水由冷变热，永远永远——
山泉成了沸腾的神泉，
能治疗百病，胜过妙药灵丹。
爱情的火炬在我恋人的眼里点燃，
爱神碰碰我的胸口，作为试验，
于是我心里翻江倒海，一片紊乱，
急忙奔向神泉求援。
神泉无援，治疗我之疾病的唯有
在我恋人眼里新燃起的爱的火焰。

一百五十四

小爱神有一次呼呼睡得香甜，
把点燃心焰的火炬放在一边，
一群守身如玉的纯真仙女路过——步态翩翩，
其中最美的一个仙女走上前，
把火炬拿在她那处女的手里边——
那火炬曾把无数真诚的心温暖。
这样，小爱神在睡梦中，
爱的火炬便落在了仙女的手里边。
仙女把火炬浸入冰冷的山泉，
爱的火焰就成了山泉不竭的热的来源；
山泉变温泉，成了治病的妙药灵丹，
而我的心却让我的恋人搅乱；
我去温泉想治疗这疾病，结果不如人愿——
泉水由爱之火加热，冷却不了我心里的火焰。

［全书完］

- 外国文学名著名译化境文库 -

“化境”说的理论与实践

人类的翻译活动由来已久。可以说语言产生之后，同族或异族间有交际往来，就开始有了翻译。古书云：“尝考三代即讲译学，《周书》有舌人，《周礼》有象胥[译官]”。早在夏商周三代，就已有口译和笔译。千百年来，有交际，就有翻译；有翻译，就有翻译思考。历史上产生诸如支谦、鸠摩罗什、玄奘、不空等大翻译家，也提出过“五失本三不易”“五种不翻”“译事三难”等重要论说。

早期译人在译经时就开始探究翻译之道。三国魏晋时主张“因循本旨，不加文饰”，认为“案本而传”，照原本原原本本翻译，巨细无遗，最为稳当。但原文有原文的表达法，译文有译文的表达法，两种语言，并不完全贴合。

隋达摩笈多（印度僧人，590年来华）译《金刚经》句：“大比丘众。共半十三比丘百。”按梵文计数法，“十三比丘百”，意一千三百比丘，而“半”十三百，谓第十三之一百为半，应减去五十。

故而，唐玄奘将此句，按中文计数，谨译作“大苾刍众千二百五十人俱”。全都“案本”，因两国语言文化有异同，时有不符中文表达之处，须略加变通，以“求信”为上。达译、奘译之不同，乃案本、求信之别也。

严复言：“求其信，已大难矣！信达而外，求其尔雅。”（1898）信达雅，成为诸多学人在二十世纪上半叶热衷探讨的课题。梁启超主递进说（1920）：“先信然后求达，先达然后求雅。”林语堂持并列说（1933），认为“翻译的标准，第一是忠实标准，第二是通顺标准，第三是美的标准。这翻译的三层标准，与严氏的‘译事三难’大体上是正相比符的”。艾思奇则尚主次说（1937）：“‘信’为最根本的基础，‘达’和‘雅’的对于‘信’，是就像属性对于本质的关系一样。”

朱光潜则把翻译归根到底落实在“信”上（1944）：“原文‘达’而‘雅’，译文不‘达’不‘雅’，那是不信；如果原文不‘达’不‘雅’，译文‘达’而‘雅’，过犹不及，那也是不‘信’。”“绝对的‘信’只是一个理想。”“大部分文学作品虽可翻译，译文也只能得原文的近似。”艾思奇着重于“信”，朱光潜唯取一“信”。

即使力主“求信”，根据翻译实际考察下来，只能得原文的“近似”。信从原文，浅表的字面逐译不难，字面背后的思想、感情，心理、习俗，声音、节奏，就不易传递。绝对的“信”简直不可能，只能退而求其次，趋近于“似”。

即以“似”而论，傅雷（1908—1966）提出：“翻译应当像临画一样，所求的不在形似而在神似。”

如 Voltaire 句：J’ai vu trop de choses , je suis devenu philosophe. 此句直译：我见得太多了，我成了哲学家。——成了康德、黑格尔

那样的哲学家？显然不是伏尔泰的本意。

傅雷的译事主张，重神似不重形似，神贵于形，译作：我见得太多了，把一切都看得很淡。直译、傅译之不同，乃形似、神似之别也。

这样，翻译从“求信”，深化到“神似”。

事理事理，即事求理。就译事，求译理译道，亦顺理成章。原初的译作，都是照着原本翻，“案本而传”。原本里都是人言（信），他人之言。而他人之言，在原文里通顺，转成译文则未必。故应在人言里取足资取信的部分，唯求其“信”，而百分之百的“信”为不可能，只好退而求“似”。细分之下，“似”又有“形似”“神似”之别。翻译思考，伴随翻译逐步推进，从浅入深，由表及里。翻译会永无止境，翻译思考亦不可限量。

当代的智者，钱锺书先生（1910—1998）在清华求学时代，就开始艺文思考，亦不忘翻译探索。早在1934年就撰有《论不隔》一文。谓“在翻译学里，‘不隔’的正面就是‘达’”。文中“讲艺术化的翻译（translation as an art）”。“好的翻译，我们读了如读原文”，“指跟原文的风度不隔”。“在原作与译文之间，不得障隔着烟雾”，译者“艺术的高下，全看他有无本领来拨云雾而见青天”。

钱先生在写《论不隔》的开头处，“便记起王国维《人间词话》所谓‘不隔’了”。“王氏所谓‘语语都在目前，便是不隔’。”而“不隔”，就是“达”。钱氏此说，仿佛另起一题，总亦归旨于传统译论文论的范畴。

三十年后，钱先生在《林纾的翻译》（1963）里谈林纾及翻译，仍一以贯之，秉持自己的翻译理念，只是更加深入，别出新意。

早年说：“好的翻译，我们读了如读原文。”《林纾的翻译》里则说：“译本对原作应该忠实得以至于读起来不像译本，因为作品在原文里决不会读起来像经过翻译似的。”

早年说，好的翻译“跟原文的风度不隔”。《林纾的翻译》则以“三个距离”申说“不隔”：“一国文字和另一国文字之间必然有距离，译者的理解和文风跟原作品的内容和形式之间也不会没有距离，而且译者的体会和他自己的表达能力之间还时常有距离。”

早年讲，“艺术化的翻译”，《管锥编》称“译艺”。在论及刘勰《文心雕龙》“论说”“谐隐”篇时，谓：齐梁之间，“小说渐以附庸蔚为大国，译艺亦复傍户而自有专门”。意指鸠摩罗什（344—413）时代，译艺已独立门户。

钱先生早年的“不隔”说，到后期发展为“化境”说；“不隔”是一种状态，“化境”则是一种境界。《林纾的翻译》提出：“文学翻译的最高标准是‘化’。把作品从一国文字转变成另一国文字，既能不因语文习惯的差异而露出生硬牵强的痕迹，又能完全保存原有的风味，那就算得入于‘化境’。”钱先生同时指出：“彻底和全部的‘化’是不可实现的理想。”

《荀子·正名》篇言：“状变而实无别而为异者，谓之化。”——即状虽变，而实不别为异，则谓之化。化者，改旧形之名也。钱先生说法试简括为：作品从一国文字变成另一国文字，既不生硬牵强，又能保存原有风味，就算入于“化境”；这种翻译是原作的投胎转世，躯壳换了一个，精神姿致依然故我。

钱先生在《管锥编》（1979）一书中，广涉西方翻译理论，尤其对我国传统译论的考辨中，论及译艺能发前人之所未发。比如东晋道安（314—385）认为“梵语尽倒，而使从秦”，便是“失[原]本”；要求译经“案梵文书，惟有言倒时从顺耳”。按“梵语尽倒”，指梵文语序与汉语不同。梵文动词置宾语后，例如“经唸”，汉语则须言倒从顺，正之为“唸经”。“梵语尽倒”最著名的译例，大家都知道，可能没想到。就是佛经的第一句话，“如是我闻”；按中文语序，应为“我闻如是”，我闻如来佛如是说。早期译经照原文直译，后世约定俗成，这句子沿袭了下来。钱先生据以辨驳归正：“故知‘本’有非‘失’不可者，此‘本’不‘失’，便不成翻译。”从“改倒”这一具体译例，推衍出普遍性的结论，化“术”为“道”，可谓点铁成金。各种语言各有无法替代的特点，一经翻译，语音、句式、修辞，都失其原有形式，硬要拘守勿失，便只能原地踏步，滞留于出发语言。“不失本，便不成翻译”，是钱先生的一句名言。

又，钱先生读支谦《法句经序》(229)，独具慧眼，从信言不美，实宜径达，其辞不雅，点明：“严复译《天演论》弁例所标，‘译事三难：信、达、雅’，三字皆已见此。”指出：“译事之信，当包达、雅。”继而论及三者关系：“译文达而不信者有之矣，未有不达而能信者也。”“信之必得意忘言，则解人难索。”

试举一例，见《谈艺录》五四一页，拜伦(Byron)致其情妇(Teresa Guiccioli)书，曰：

Everything is the same, but you are not here, and I still am. In separation the one who goes away suffers less than the one who stays behind.

钱译：此间百凡如故，我仍留而君已去耳。行行生别离，去者不如留者神伤之甚也。

此译可谓“得意而忘言”，得原文之意，而罔顾原文语言之形者也：实师其意而造其语。钱先生在《管锥编》一二页里说：“到岸舍筏、见月忽指、获鱼兔而弃筌蹄，胥得意忘言之谓也。”“到岸舍筏”，典出《筏喻经》；佛有筏喻，言达岸则舍筏。有人“从此岸到彼岸，结筏乘之而度，至岸讫。作此念：此筏益我，不可舍此，当担戴去。于意云何？为筏有何益？比丘曰：无益。”

“信之必得意忘言”，为钱公一重要翻译主张，也是臻于化境之一法。“化境”说或会觉得玄虚不可捉摸，而得意忘言，则易于把握，便于衡量，极具实践意义。

信从原本，必当得意忘言，即以得原文之意为主，而忘其语言形式。《庄子·外物》篇有言：“言者所以在意，得意而忘言。”故“化境”说，本质上不离中华美学精神，甚至可视案本——求信——神似——化境为由低向高、一脉相承的演进轨迹，而“化境”说则构成传统译论发展的逻辑终点。

“外国文学名著名译化境文库”，第一辑拟推出译自法、德、英、俄等语的十种译本，不失为傅雷辈及其之后两代翻译家在探索译道途中所取得的厚实业绩，凸显出中国译林的勃勃生机。这些译作无疑具有一定的示范性，对推动中国文学翻译事业会产生积极作用。

罗新璋

2018年初

“外国文学名著名译化境文库”
编委会

扫码关注
以经典启发日常

莎士比亚十四行诗

产品经理 | 曹　曼　　装帧设计 | 王　易
特约编辑 | 吴高林　　技术编辑 | 陈　杰
责任印制 | 刘　淼　　出 品 人 | 路金波

图书在版编目（CIP）数据

莎士比亚十四行诗 /（英）威廉·莎士比亚著 ；方华文译．-- 天津 ：天津人民出版社，2018.5
（外国文学名著名译化境文库）
ISBN 978-7-201-13336-2

Ⅰ．①莎… Ⅱ．①威… ②方… Ⅲ．①十四行诗—诗集—英国—中世纪 Ⅳ．①I561.23

中国版本图书馆CIP数据核字（2018）第084107号

莎士比亚十四行诗
SHASHIBIYA SHISIHANG SHI

出　　版　天津人民出版社
出 版 人　黄　沛
地　　址　天津市和平区西康路35号康岳大厦
邮政编码　300051
邮购电话　022-23332469
网　　址　http://www.tjrmcbs.com
电子信箱　tjrmcbs@126.com

责任编辑　赵子源
产品经理　曹　曼
装帧设计　王　易

制版印刷　北京旭丰源印刷技术有限公司
经　　销　新华书店
发　　行　果麦文化传媒股份有限公司
开　　本　710×960毫米　1/16
印　　张　10.5
印　　数　1—8,000
字　　数　30千字
版次印次　2018年5月第1版　2018年5月第1次印刷
定　　价　58.00元